書下ろし

霧に棲《す》む鬼

風烈廻り与力・青柳剣一郎㊳

小杉健治

祥伝社文庫

目次

谷中天正寺
湯島切通
不忍池
池之端仲町
下谷広小路
湯島聖堂
本郷
神田明神
神田川
堀留町
江戸橋
浜町堀
長谷川町
海賊橋
江戸城
楓川
南町奉行所
八丁堀
京橋川
永代橋
新大橋
吾妻橋
隅田川
両国橋
竪川
小名木川
法恩寺
柳島村
亀戸村
浜松町
金杉橋
北
西
東
南
「霧に棲む鬼」の舞台

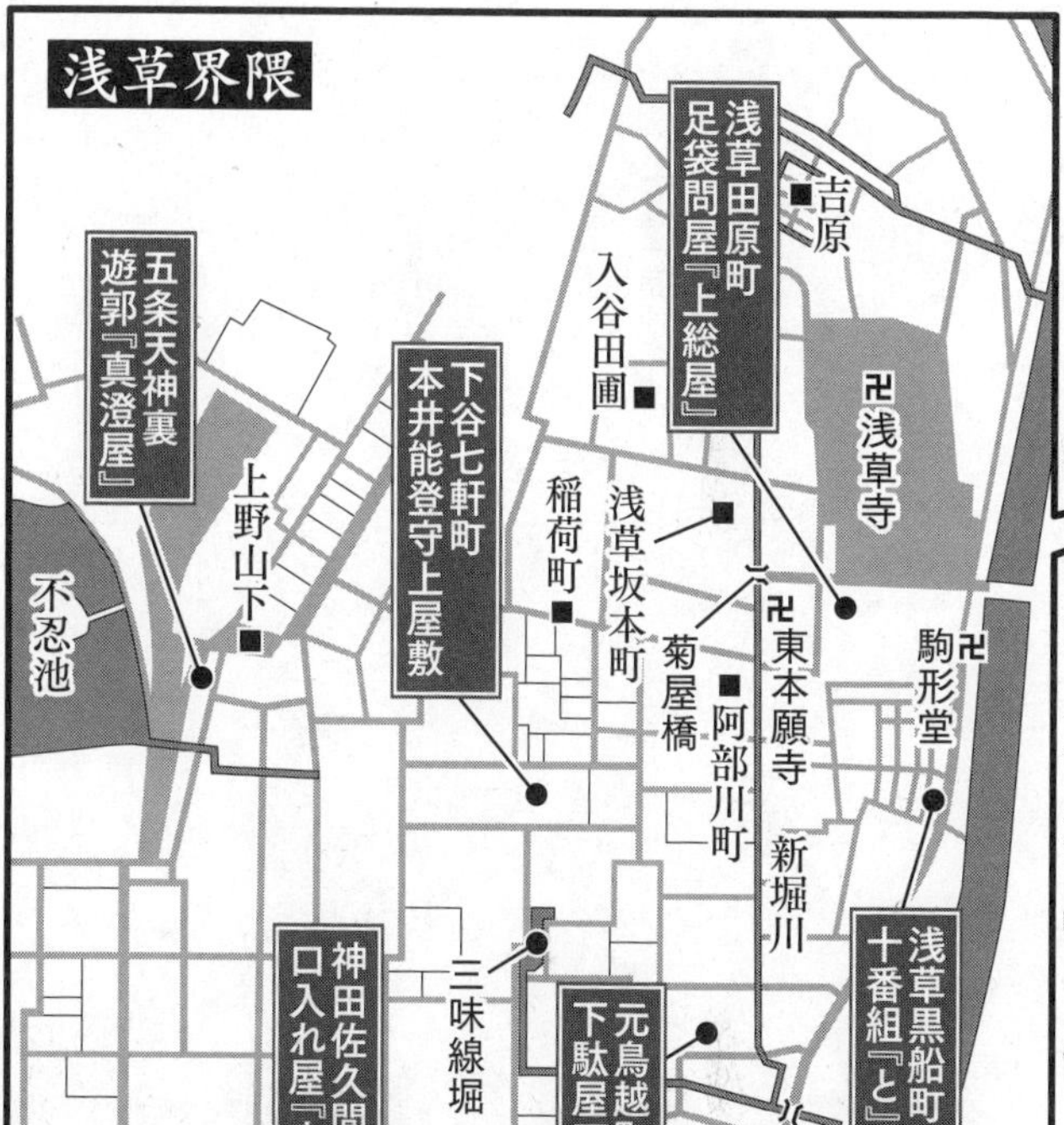
浅草界隈
浅草田原町
足袋問屋『上総屋』
吉原
入谷田圃
浅草寺
五条天神裏
遊郭『真澄屋』
下谷七軒町
本井能登守上屋敷
稲荷町
浅草坂本町
上野山下
不忍池
菊屋橋
東本願寺
駒形堂
阿部川町
新堀川
浅草黒船町
十番組『と』組屋敷
三味線堀
神田佐久間町
口入れ屋『宝生屋』
元鳥越町
下駄屋『久野屋』
鳥越橋
柳原通り

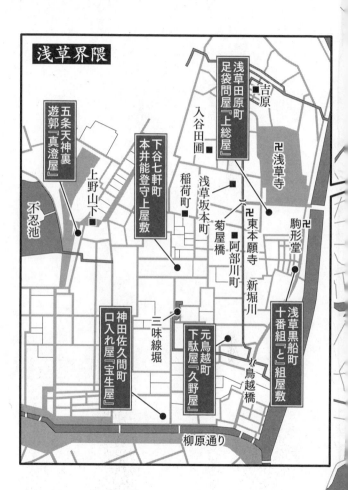

第一章　唐桟縞《とうざんじま》の男

一

初夏の夜風を受けながら、青柳剣一郎《あおやぎけんいちろう》は本郷《ほんごう》通りを湯島《ゆしま》聖堂の前に差しかかった。

神田明神《かんだみようじん》の前に差しかかり、剣一郎は鳥居をくぐった。五つ半（午後九時）になろうとしているが、境内《けいだい》にはそこそこ参拝客がいた。

剣一郎は手水場《ちようず》で手を清め、拝殿に向かった。

小石川《こいしかわ》にある三百石の旗本湯浅高四郎《ゆあさこうしろう》が急病だという知らせを受け、見舞いに行った帰りだ。

医者の話では、流行《はや》り病ということでしばらく静養を要するという。だが、本人は思ったより元気で、久し振りに剣一郎に会ったので話が弾《はず》んだ。

剣一郎は拝殿に向かい、高四郎の快気を祈った。

高四郎は西《にし》の丸御納戸役《まるおなんどやく》湯浅高右衛門《こうえもん》の総領息子であり、剣一郎の妻多恵《たえ》の弟である。

剣一郎を実の兄のように慕《した》い、剣一郎もまた高四郎を実の弟のように可愛《かわい》がっていた。

拝殿の前を離れ、再び鳥居に向かう。高四郎が急病と聞いて、多恵も心配していた。

もともと、剣一郎が多恵と知り合ったきっかけは高四郎だった。

青痣《あおあざ》与力として世間の評価を受けはじめた剣一郎に、当時元服したばかりの高四郎が憧《あこが》れを抱き、わざわざ八丁堀《はっちょうぼり》まで訪ねてきたのだ。

それは、剣一郎が与力になりたてのころだった。押し込み犯の中に単身で乗りこみ、賊を全員退治した。そのとき頬《ほお》に受けた傷が青痣として残った。青痣が、勇気と強さの象徴のように思われた。ひとびとは畏敬《いけい》の念をもって、剣一郎のことを青痣与力と呼ぶようになったのである。

高四郎は剣一郎に会うと、心から感激し、たびたび屋敷にやって来るようになった。

あるとき、高四郎が切り出した。

「自分には姉がいますが、昔から兄が欲しかったのです。私の兄になっていただけたら仕合わせなのですが」

「喜んでなるよ」

剣一郎も高四郎を弟のように思っていたので気安く返事をした。すると、そのあとで高四郎は思いがけないことを言った。

「弟の私から言うのも変ですが、姉はかなりの美人です」

どういうつもりで言ったのか、最初はわからなかった。兄というのが、ほんとうの義兄《あに》になることを望んでいるのだと知ったのは、後日、高四郎が姉多恵とともに屋敷を訪ねてきたときだった。

多恵との出会いを思いだしながら、鳥居を出て明神下に向かいかけたとき、裏手のほうから若い男と女があわてて走ってきた。

剣一郎の姿を認め、

「たいへんです。ひとが倒れています」

と、訴えた。

「ひとが?」

剣一郎は若いふたりの案内で神社の裏手の雑木林に駆《か》けつけた。

草を踏《ふ》みつけて奥に向かうと、男が倒れていた。駆け寄ったが、死んでいることがわかった。

三十半《なか》ばの小肥《こぶと》りの男だ。いかつい顔をしている。

「誰かを見かけたか」

剣一郎はふたりにきいた。

「いえ。ここに来たら、足が見えたんです。何かと思って覗《のぞ》いたら……」

男は首をすくめて言う。

「そうか。すまないが、自身番に知らせてもらいたい」

「はい」

女を残し、男は自身番に駆けた。女は少し離れたところで怯《おび》えたように立っていた。

剣一郎は死体を調べた。体に暴行を受けた痕があり、さらに腹部に刺し傷、背中に斬られた痕があった。

死んで四半刻（三十分）も経っていまい。

財布や煙草《たばこ》入れはそのままだ。物盗りの仕業《しわざ》とは思えない。

やがて、自身番から提灯《ちょうちん》をかざしながら、町役人がやってきた。神田同朋《どうぼう》町《ちょう》の自身番に詰《つ》めている家主と番人だ。

「これは青柳さま」

町役人である家主が挨拶《あいさつ》をした。

「殺しだ。念のためだ、ホトケの顔を見てくれ」

「はい」

家主が倒れている男に近付いた。連れの番人が提灯の明かりをかざす。

「これは『宝生屋《ほうしようや》』の番頭の久次郎《きゆうじろう》です」

「『宝生屋』だと」

「神田佐久間町《さくまちよう》にある口入れ屋です。すぐ、使いをやります」

番人を走らせた。

剣一郎が一瞬懸念をしたのは、俠客《きようかく》同士のいざこざだ。

『宝生屋』は口入れ屋としてだけでなく、土木工事の請負《うけおい》や神田明神の祭礼では屋台造りに香具師《やし》の差配をしている。主人与五郎《よごろう》は俠客を気取っている男だ。

神田佐久間町の家に、二十人ばかりの男が住みついている。

やがて岡っ引きの千蔵《せんぞう》が駆けつけた。南町奉行所定町廻り同心の堀井伊之助《ほりいいのすけ》が手札を与えている岡っ引きのひとりだ。

「青柳さま」

「千蔵か。ご苦労」

酒の匂《にお》いがした。家で寛《くつろ》いでいたところを呼び出されたのだろう。

「殺しだ。殺されたのは『宝生屋』の番頭久次郎らしい。今、『宝生屋』に知らせを走らせた」

「わかりやした」

答えてから、千蔵はホトケを検《あらた》めた。

背後にひとの気配がした。

振り返ると、小柄な男が立っていた。何か用ありげだったので、剣一郎は声をかけた。

「そなたは?」

「あっ、青痣与力」

男はびっくりしたような声を出し、あわてて、

「失礼しやした。へえ、太助《たすけ》と申します」

と、口にした。二十四、五のすっきりした顔だちの男だった。紫地に草花をあしらった小紋《こもん》の単衣《ひとえ》を尻端折《しりつぱしよ》りしている。身のこなしが敏捷《びんしよう》そうだ。

「何か、訴えたいことでもあるのか」

「へい。じつは下手人《げしゅにん》を見ました」

「ほんとうか」

千蔵も近寄ってきた。

「唐桟縞《とうざんじま》の単衣で、細身のしなやかな体の動きをした遊び人ふうの男でした。男は下谷広小路《したやひろこうじ》のほうに悠然《ゆうぜん》と歩いて行きました」

「どうして、現場に居合わせたのだ？」

剣一郎はきいた。

「へい。じつは猫を捜して……」

「猫？」

千蔵がきき返す。

「へえ。あっしは猫の蚤《のみ》取りをしてます。お得意先の家の猫がいなくなったので捜しているんです。この界隈《かいわい》に猫のたまり場があるのでやってきたら、木立の中から男が出て行くのを見たんです」

若い男は続ける。

「暗いので、顔はわかりませんでした。普段人気《ひとけ》のないところなので男のことが気になりましたが、猫を見つけなければいけないと思い、奥に行ったら死体があったんです。さては、さっきの男だと思い、急いで後を追いました。でも、すでに下谷広小路のほうへ姿を晦《くら》ましていました」

「唐桟縞の単衣だってことだが、色は？」

「紺《こん》と白だったか、暗かったのでそう見えたのか……」

「よし、わかった」

提灯が近付いてきた。自身番の番人の後ろに数人の男がついてきた。中心に、四十前の男がいた。筋骨のたくましい大柄な男だ。

「与五郎か」

剣一郎は何度か会ったことのある与五郎に声をかけた。

「これは青柳さま。なんですか、うちの久次郎がいけないことになったとお聞きして、飛んで来ました」

「こっちだ」

千蔵が与五郎を誘《いざな》う。

「へい」

剣一郎に会釈《えしやく》をし、与五郎はホトケのそばに行った。ホトケに莚《むしろ》がかけられていた。

筵を千蔵の手下がめくった。

与五郎はホトケを見下ろしていたが、やがてしゃがみこんだ。

「久次郎。どうしてこんな姿に……」

与五郎が息を詰まらせながら呟《つぶや》いた。

「久次郎に間違いないんだな」

剣一郎は確かめる。

「へえ、久次郎です。誰がこんなことを……」

「心当たりはないか」

「ありません」

与五郎は首を横に振った。

「久次郎はどうしてここに？」

「たぶん、湯島天神の門前にある遊女屋でしょう。最近、そこで遊んでいたようです。面白い店があると言ってました」

「今夜も、そこに行く途中だったのか」

「そうだと思います」

「いつもひとりで動き回るのか」

「女のところに遊びに行くときはひとりです」

「久次郎は住み込みか」

「そうです。でも、他の者たちのように大部屋じゃありません。ひとり部屋をあてがっていました」

「細身のしなやかな体の動きをした遊び人ふうの男と聞いて、思い当たることはないか」

「いえ。その男が？」

「まだ、わからぬが、ここから立ち去った男だ」

「そうですか」

与五郎は首をひねった。

「与五郎」

剣一郎は気がかりなことをきいた。

「商売上での揉《も》め事はないのか」

「へえ、ありません」

与五郎は即座に答えた。

「些細《ささい》なことでもだ」

「ありません」

「言わずもがなのことだが」

剣一郎は鋭《するど》く言い、

「自分たちだけで片づけようと思うな」

と、釘《くぎ》を刺した。

「青柳さま。あっしは手下どもに乱暴はするなと言い聞かせております。久次郎もひとさまから恨《うら》まれるような真似《まね》はしていません。もしかしたら、下手人とは行きずりで喧嘩《けんか》になったのかもしれません」

「傷を見たか」

「はい」

「執拗《しつよう》に殴《なぐ》ったり蹴《け》ったりしている。最後は匕首《あいくち》を使っている。単なる喧嘩とは思えぬ。まるで拷問《ごうもん》か、あるいは復讐《ふくしゅう》のようだ」

「復讐……」

「そうだ。よほどの恨みがある人間の仕業ということも考えられる。心当たりはほんとうにないのだな」

「はい、ありません」

「そうか」

「久次郎はまだ連れて帰れませんか」

「まだ、検死が済んでおらぬ。もうそろそろ検死与力がやって来る。引き渡しはそれからだ」

「わかりやした。では、あっしは先に引き上げます。若い者を残しておきますので」

与五郎は厳しい顔で引き上げた。

千蔵は死体を発見した若い男女の身許《みもと》をきいている。

剣一郎は猫の蚤取りに声をかけた。

「太助だったな？」

「へえ。太助です」

「住まいはどこだ？」

「長谷川町《はせがわちょう》です」

「で、得意先の家はどこだ？」

「同朋町です。商家の後家さんのところです。三匹飼っているうちの一匹がいきなり飛びだしたきり、もう三日になるというので」

　太助は表情を曇《くも》らせた。

「見つかりそうか」

「見つけます。だいたい、あの猫の習性がわかってきましたから」

「習性？」

「ええ、どの辺りをうろついているか。どこまで、足を延ばしているか。聞き込みを続けてきました」

「そうか。根気のいる仕事だな」

「へえ。でも、性《しょう》に合っているんです。これまでにも何匹も見つけましたから」

「それはたいしたものだ」

「へえ」

　太助はうれしそうに笑い、

「子どものころ、鼠《ねずみ》を捕まえる猫の素早い動きにびっくりして、それ以来猫に関心を持つようになったんです。ですから、猫とのつきあいは長いんです」

「それで猫の蚤取りになったのか」

「そうです」

同心の堀井伊之助が駆けつけてきた。

「あっ、青柳さま」

伊之助は剣一郎がいたのであわてたようだ。

「ご苦労。待っていた」

「遅くなって申し訳ありません」

伊之助は四十近い熟達の同心だ。眠っているような細い目ながら眼光は鋭い。

「わしがたまたま参拝して引き上げようとしたところへ、あそこにいる男女から死体があると聞いた」

剣一郎は経緯を語ってから、

「では、あとは頼んだ」

と言い、現場を離れた。

ようやく、奉行所から検死与力もやって来たところだった。

二

四つ（午後十時）になるところだ。男は五条《ごじょう》天神の裏手にある二階家の前に立った。この辺りには、安く遊べる家が何軒かある。

男が軒行灯《のきあんどん》に『真澄家《ますみや》』と書いてある店に入ったのは特に意味があるわけではなかった。ただ、最初に目についたから選んだに過ぎない。ようするに、どこでもよかったのだ。

男は三十半ば、細面《ほそおもて》の鋭い顔だちだ。唐桟縞の単衣を着ている。辺りを窺《うかが》うように、目が鈍《にぶ》く光っている。かなり鍛《きた》えた体つきだ。

土間に、厚化粧の女が退屈そうに座っていた。小肥りで、二重顎《あご》の女だ。茶を挽《ひ》いたのか、寂《さび》し気《げ》にしていた。

「いいかえ」

男は女に声をかけた。

女は信じられないものを見るようにゆっくり立ち上がった。

「あたしでいいの」

「なんでそんなことをきく?」

「あたししか残ってないから」

「あんたでいい」

「いらっしゃい」

遣《や》り手婆《てばばあ》が出てきて、

「さあ、お上がりなさい。この子はおしんよ」

「おしん……」

男は一瞬、眉根《まゆね》を寄せたが、女たちは気づかなかったようだ。

「気立てのいい娘だから、ぞんぶんに可愛がってちょうだい」

「さあ、こっちよ」

女に導かれるまま男は梯子段《はしごだん》を上がった。

立て付けの悪い障子《しょうじ》を女は器用に開け、男を三畳の狭《せま》い部屋に招じた。赤い漆《うるし》が剝《は》げた鏡台と衣紋掛《えもんか》けがいかにも侘《わび》しげだが、男は何とも思わないように畳の上にあぐらをかいた。

「酒をもらおう」

「はい」

女は少し持ち上げるようにして障子を開けて、手をぽんぽんと叩《たた》いた。

「今、来るわ」

女は障子をまた持ち上げ、

「こうやらないと、戸の開け閉めが出来ないの」

と、閉めた。

「今夜、泊めてもらう」

「ほんとう？」

おしんはうれしそうに言い、

「お名前をおききしていい？」

と、甘えるようにきく。

「京三《きょうぞう》だ」

「京三さん、いい名前」

「おめえはどこの生まれだ？」

「相模《さがみ》ですよ」

廊下から障子を叩く音がした。

おしんは立ち上がり、障子を開けて、廊下に置いてあった盆を持った。

部屋に入り、銚子《ちょうし》が載った盆を男の前に置く。

「さあ、どうぞ」

おしんは京三の脇《わき》に座り、猪口《ちょこ》を寄越《よこ》し、銚子を持った。

おしんが屈《かが》むと豊かな胸元が覗く。色白の肌だ。だいぶ年増だが、丸い顔は穏《おだ》やかな印象だ。

酒を注《つ》ぎ終えたあと、

「あらっ」

と、おしんは京三の袖口《そでぐち》を見た。

「血？」

「………」

京三ははっとしたが、

「さっき鼻血を出した」

と、とっさに言い繕《つくろ》った。

「だいじょうぶ？」

「もうなんともない」

「脱《ぬ》いで。洗ってあげるわ」

「これぐらい、だいじょうぶだが、そうしてもらおうか」

京三は立ち上がり、帯を解《と》いた。

褌《ふんどし》ひとつになった京三の体はたくましかったが、おしんを驚かせたのは体中の至るところにある傷と痣《あざ》だ。

特に背中の傷は長く、左足の太股《ふともも》には大きな痣がある。

「びっくりしたか」

「ええ。でも、平気」

そう言い、おしんは背中の傷に優しく手を当てた。

「酒をもらおう」

「待って」

おしんは自分の襦袢《じゅばん》を取り出し、京三の背中からかけた。

「すまねえ」

「今、洗ってきます」

「悪いな」

京三はあぐらをかいて、酒を呑《の》みはじめた。

血の付いた匕首は神社の裏の欅《けやき》のそばに埋めてきた。あんなものを持っていて、町方に見つかったら言い訳が出来ない。

もう、死体は見つかっただろうか。見つかったところで、あの男と俺の関わりはないに等しい。

俺が疑われることはまずない。

酒を呑んでいると、おしんが着物を持って戻ってきた。

「明日までに乾きそうにないからこれを着て。色は違うけど、唐桟縞よ。大きさも同じだったから」

「どうしたんだ？　おまえさんのいいひとのもんじゃねえのか」

「ううん。昔、お客さんがいらないからって置いていったの」

「変な客だな」

「借金の形《かた》に上物の着物を取りあげたらしいわ」

「なんだかわからねえが、この着物、貰ってもいいか。前のはくたびれていたから捨てていい」

京三は思いついたように言う。

「せっかく洗ったんだし、もったいないわ」

「いや、いい。俺はこれが気に入った」

「そう。わかったわ」

衣紋掛けに着物をかけ、再びおしんは脇に座った。

「どうぞ」

「おめえも呑め」

　京三は猪口をおしんに渡し、銚子をつまんだ。

「うれしいわ」

　おしんは押しいただくようにして酒を喉《のど》に流し込んだ。

「おしんっていうのは源氏名か」

「いえ、実の名です」

「そうか。いい名だ」

「ひょっとして、京三さんのいいひともおしん？」

「…………」

　京三は表情を曇らせた。

「きいちゃいけなかったかしら」

「いや」

「京三さんはなにをなさっているんですか」

「絵草紙売りだ」

「絵草紙を売り歩いているんですか」

　おしんは首を傾《かし》げた。

「まあ、そんなところだ。おめえは相模の出だと言っていたが、最初からこの世界に足を突っ込んだわけじゃあるまい？」

「ええ。最初は商家に奉公に上がったけど、下男だった男と出来て……。奉公人同士が付き合うのはだめだからお店をやめさせられて……」

「よくある話だ」

「よくあるかしら」

「ああ、よく聞く」

「そう。所帯をもったけど、二年後に亭主が博打《ばくち》場で喧嘩して殺されたの。それからよ、この商売。最初は若かったからもっとましな岡場所で働けたけど、だんだん流れて……。これもよくある話かしら」

「そうだな」

京三はあくびをした。

「眠くなった。休ませてくれ」

京三は立ち上がり、襖《ふすま》に手をかけたが開かなかった。

「そこじゃないの。待って。ふとんを敷《し》くから」

おしんは立ち上がって部屋の隅《すみ》からふとんを出した。

「他はふた部屋あるけど、あたしの部屋はこれだけ。だって、お客さんがつかないんですもの、仕方ないわ」

そう言いながら、手際よくふとんを敷いた。

京三は横になった。今になってどっと疲れが出た。

おしんが行灯の灯《ひ》を消した。月明かりで、部屋の中も仄《ほの》かに明るい。猫の足跡のような天井の節穴もわかる。

おしんが帯を解く音がする。

おしんが隣に入って来た。

「ねえ、ほんとうに寝ちゃうの？」

体を揺すって、おしんがきく。

「ひと寝入りさせてくれ」

京三は目を閉じたまま言う。

「そう……」

おしんは落胆した声で応じた。

京三は体が沈んでいくような錯覚《さっかく》に陥り、いつの間にか寝入った。

腰高《こしだか》障子を叩く音に戸を開けると、三人の男が立っていた。次の場面では、田《たん》圃《ぼ》の近くに立っていた。

かなたに寺の大屋根が闇《やみ》に浮かんでいた。

いきなり、頭を棍棒《こんぼう》で殴られた。うずくまったところを蹴られ、仰向《あおむ》けになった。腹に足蹴《あしげ》が入った。口から何か吐き出した。

京三は懸命に逃げようとして無意識のうちに起き上がった。そのとき、背中に焼けるような痛みが走った。振り返ったところに匕首で腹を刺された。

死ぬんだと思った。薄れていく意識の底で、京三は懸命に「おしん」と叫んだ。


「京三さん」

体を揺さぶられて、京三ははっと目を覚ました。

しばらく、意識は混濁《こんだく》していたが、猫の足跡のような天井の節穴が見えた。

「京三さん。ずいぶんうなされていたわ」

おしんが顔を覗いていた。

いつもの夢だ。京三は半身を起こした。首の周りや脇の下が汗でびっしょり濡《ぬ》れていた。おしんが手拭《てぬぐ》いで拭《ふ》いてくれた。

「すまねえ」

　京三は呟くように言う。

「おしんって呼んでいたわ。おかみさん？」

「…………」

「ごめんなさい。思いだしたくないのね」

「女房だ」

　京三は答える。

「やっぱり、おかみさんね。そう、あたしと同じ名前なんだ。で、おかみさんはどうしたの？」

「…………」

　京三は立ち上がった。

　窓辺に立ち、障子を開ける。生ぬるい夜風が入り込む。月はだいぶ位置を変えていた。

　神社の境内から飛びだしてきたのは猫だ。立ち止まってこっちを見ていたが、やがて悠然と去って行った。

　まだ、夢がなまなましく残っている。深呼吸をして気持ちを落ち着かせた。

障子を閉めようとしたとき、人影が目に飛び込んだ。ふたりだ。さっきの猫と同じで、神社の境内から出てきたようだ。

岡っ引きだ。死体が見つかったのかもしれない。

「京三さん」

おしんが声をかけた。

京三はふとんに戻って横になる。

「ねえ、いいの？」

おしんが京三に覆いかぶさってきく。

「いい、寝よう」

「そう」

おしんは不服そうに体を離した。

「あたしのような女、抱く気になれないんだね」

「そうじゃねえ。疲れているんだ。おめえもゆっくり休め」

京三はおしんの肥《こ》えた体を腕に抱きしめて言う。

「ええ」

おしんは安心したように京三の腕の中でいつしか寝息を立てていた。だが、京三はなかなか寝つけなかった。

階下が騒がしい。京三は目を覚ました。窓の外が少し明るくなっていた。

隣に、おしんはいなかった。夜中に目覚めたあと、眠れなかったが、いつしか寝入ったようだった。

障子が開いて、おしんがあわてたように入ってきた。

「京三さん。起きて」

「どうした？」

京三が体を起こしたとき、廊下から岡っ引きが顔を出した。

「俺は南町の御用を預かる千蔵という者だ。朝早くからすまねえが、ちょっときてえことがあるんだ」

「なんでしょう」

京三はおとなしく応対した。

「おまえさん、ゆうべ、四つ（午後十時）ごろ、店に入ったそうだな」

「へえ、さようで」

遣り手婆が話したのだろう。

「それまで何をしていたんだ？」

「へえ。牛込《うしごめ》の小間物屋『さと屋《や》』さんに商売のことで顔を出し、帰りが遅くなってしまいました」

「商売とはなんだ？」

「絵草紙を置いてもらおうと思いましてね」

「小間物屋で絵草紙を売ってもらおうっていうのか」

「へえ。でも、断られました」

「牛込からどうやって帰ってきたんだ？　神田明神の近くを通らなかったか」

「いえ。本郷から湯島の切通しを通ってきました」

「ふうん、そうかえ」

千蔵は疑い深い目で、

「おめえの名は？」

と、きいた。

「京三です」

「京三か」

「ここははじめてか」

「へえ。以前に店の前を通ったことがあったので、一度遊んでみたいと思っていたんです」

京三は千蔵の問いかけを封《ふう》じるように逆にきいた。

「親分さん。何かあったのでしょうか」

「殺しだ」

「殺しですって」

「うむ。神田佐久間町にある口入れ屋『宝生屋』の番頭久次郎が神田明神の裏手で殴られ、蹴られた上に匕首で刺されて死んでいた」

「そうですかえ、恐ろしいことで」

京三はわざとらしく顔をしかめる。

「おめえ、ほんとうに久次郎を知らねえのか」

「いえ、知りません。あっしは江戸で商売をするために出てきたんですから」

「どこに住んでいる？」

「へえ、元鳥越町《もとどりごえちょう》の『久野屋《くのや》』という下駄《げた》屋の二階に居候《いそうろう》しています」

「そうか。念のためだ。おめえの持ち物を調べさせてもらおうか」

「どうぞ」

匕首がないか調べるのだろう。煙草入れに手拭い、それに懐紙。岡っ引きは財布の中まで見た。

続いて着物を検めている。返り血を調べているのか。替えの着物を用意してくれたおしんに感謝しなければならない。

おしんは俯《うつむ》いて隅に座っていた。

「この男の持ち物はこれだけか。他に何か預かっちゃいねえな」

千蔵がおしんにきいた。

「預かっちゃおりません」

おしんがはっきり答えた。

「よし、いいだろう」

千蔵は頷《うなず》き、

「邪魔をしたな」

廊下に出た千蔵はふと振り向いた。京三は目が合ったが、そのまま梯子段に向かった。

千蔵を見送りに行ったおしんが戻ってきて、京三を睨《にら》んだ。

「偶然だ。誤解するな」

「ほんとうね」

「袖口の血は鼻血だ。だが、おめえが替えの着物を用意してくれていなかったら、俺は疑われていた。礼を言うぜ」

「…………」

「心配するな。俺じゃねえ。殺されたのは口入れ屋の番頭だ。商売敵《がたき》の口入れ屋とのいざこざがあったんだろうぜ」

「そうね」

「そうだ。よけいなことを考えるな」

「ええ」

「もうひと寝入りしてえが、だいじょうぶか」

「ええ」

「じゃあ、少し休ませてもらう」

京三は横になって目を閉じた。

だが、なぜ、岡っ引きがここまで来たのか。京三はそのわけを必死に考えていた。

三

事件からふつか後の朝、剣一郎が髪結いに髪と髭《ひげ》を当たってもらっている間、岡っ引きの千蔵が庭先で待っていた。

髪結いは剣一郎の髷《まげ》を結いながら、世間の噂話《うわさ》を口にしている。その噂話の中に重大な手がかりが見つかることもあるので、剣一郎はどんなくだらなそうな話にも耳を傾けていた。

「そういえば、深川《ふかがわ》に住む商家の旦那の妾《めかけ》が、いなくなった猫を見つけたら一両出すっていうんで、みな猫捜しに夢中になっているって話です」

「猫のために一両か」

「ええ。縁の下にもぐり込んだりして猫を捜しているんで、その界隈の連中はみな体が埃《ほこり》だらけで顔も汚れているようです」

髪結いは笑いながら、

「最近、猫を飼う人間が多くなったせいか、猫の蚤取りが流行っているようですね」

「猫の蚤取りか……」

　剣一郎は太助という二十四、五のすっきりした顔だちの男を思いだした。あの男は蚤取りだけでなく、猫捜しまでしていると言っていた。

「なんでも商売になるものだ」

　剣一郎は感心して言う。

「そうでございますね」

　それから、ほどなく、髪結いは剣一郎の肩に当てていた手拭いを外し、

「お疲れさまでした」

と、声をかけた。

「ごくろうだった」

　髪結いが引き上げて、剣一郎は濡縁《ぬれえん》に出た。

　緑が鮮《あざ》やかな庭を眺《なが》めながら、千蔵は煙管《きせる》をくわえて、煙草をくゆらせていた。

「待たせたな」

　濡縁に腰を下ろしていた千蔵はあわてて灰吹《はいふき》に灰を落として立ち上がった。

「いえ。朝っぱらから押しかけてすみません。うちの旦那が早くご報告申し上げ

ろと言うもので」

煙管をしまいながら、千蔵は言う。

「一昨日《おととい》、あのあと、下谷広小路のほうを、遊び人ふうの男を見た人間がいないか聞き回りました。すると、夜鳴きそば屋の亭主が遊び人ふうの男が五条天神のほうに行くのを見ていました。で、その先の木戸番屋に訊《たず》ねましたが、男を見た者はおりません。男はどこかにもぐり込んだに違いねえと思いました」

剣一郎は黙って聞く。

「五条天神の裏手に怪《あや》しげな店が何軒かあります。夜が明けてから、店を調べました。すると、『真澄家』という店に、京三という男がおしんという女の客で来ていました。三十半ば、細面の鋭い顔だちです。着ていたのは唐桟縞の単衣でしたが、色は藍《あい》色に濃い赤の縞でした。太助が言う紺と白の縞模様とは違っていました」

「暗がりで見ただけだ。月明かりに照らされて違った色に見えたとも考えられるが、なんとも言えぬな。最近は、唐桟縞が流行りなのか、着ている者も多いからな」

「へえ。それと、着物の袖口を調べましたが、返り血を浴びた跡はありませんでした。でも、なんとなく気になるので、調べてみました。あの日は牛込の小間物屋『さと屋』に行った帰りだというので、『さと屋』で確かめました。確かに京三という男が絵草紙を置いてくれないかと頼みに来たと言ってました。それから、居候している元鳥越町の下駄屋に行って、下駄屋の主人に訊ねましたが、不審なところは見つかりませんでした。それより、殺された久次郎とのつながりはありません」

「そうか」

「怪しいといえば怪しいんですが、下手人だとしても、どこかすっきりしません。ただ、気になるんです」

「京三は元鳥越町の下駄屋に居候しているのか」

「へえ。元鳥越町の『久野屋』という下駄屋の二階です。堀井の旦那は、京三は関わりないと見ています」

「なぜだ？」

剣一郎は不思議に思ってきいた。

「じつは『宝生屋』はちょっとした揉め事を抱えているんです。与五郎は何もないと言ってましたが」

そうです」

「同じ仕事師の『神野屋《かみのや》』と、神田明神の祭の縄張りで、ここ数年来揉めていた
「ほう。それは？」

「香具師の差配か」

「へえ。神社周辺の香具師の場所を半分寄越せと、『神野屋』と争っているそうです。殺された久次郎が主に『神野屋』とやり合っていたそうです。堀井の旦那は、このことに注意を向けています」

「そうか。伊之助は自信があるのだろう。京三のほうはわしが調べて、関わりないことをはっきりさせよう」

「そうですかえ。わかりました。じゃあ、あっしも京三を調べつつ、『宝生屋』と『神野屋』とのいざこざも調べてみます」

「いいだろう」

千蔵が引き上げてから、剣一郎は出仕の支度《したく》をした。

奉行所に出仕した剣一郎は宇野清左衛門《うのせいざえもん》に呼ばれ、年番方与力の部屋に出向いた。

「宇野さま、お呼びでございましょうか」

「うむ。長谷川《はせがわ》どのだ」

「長谷川さまですか。なんでしょうか」

剣一郎は用件に思い当たらなかった。

「わしもわからん。ともかく行ってみよう」

「はい」

清左衛門といっしょに内与力の用部屋の隣にある部屋に行く。

待つほどのこともなく、長谷川四郎兵衛《しろべえ》がやって来た。剣一郎は低頭して迎えた。

「ごくろう」

四郎兵衛は鷹揚《おうよう》に言う。

「長谷川どの。ご用件を伺いましょう」

清左衛門がさっそく切り出す。

「うむ。わかり申した」

四郎兵衛は素直に応じる。

内与力の長谷川四郎兵衛はもともとの奉行所の与力ではなく、お奉行が赴任と同時に連れて来た自分の家臣である。お奉行の威光を笠に着て、態度も大きい。ことに、剣一郎を目の敵《かたき》にしている。

だが、そんな四郎兵衛も、奉行所一番の実力者である清左衛門には気をつかっている。清左衛門は年番方与力として金銭面も含め、奉行所全般を取り仕切っており、清左衛門にへそを曲げられたらお奉行とて何も仕事が出来ないからだ。

「じつは先日、本井《もとい》家の御留守居役《おるすいやく》がやってきてな。頼まれごとをした」

「本井能登守《のとのかみ》さまですか」

剣一郎はすぐに反応した。

「ひょっとして、先日の火事の際の……」

「そうだ。そのことで仲立ちを頼まれた」

十日ほど前、駒形町《こまがたちょう》の空き家から出火、そこでの消し口の取り合いから、本井家の各自火消しと『と』組の町火消しが喧嘩になったのだ。

駆けつけた火消しの組は、風の方向や火の勢いなどからどの家を壊して、どこで消し止めるかを決める。その最初にとりかかる家が消し口で、屋根に上がって纏《まとい》を押し立てる。火消しはそこを目印に消火活動に入るのだ。

消し口をとるということは火消しの組にとっての名誉であり、さらに言えば命である。

その火事の際、本井家の各自火消しと『と』組のふたりの纏持ちが屋根に上がった。だが、屋根の上で争いとなり、『と』組が本井家の各自火消しを突き落とした。

『と』組の纏が屋根に上がったが、これに怒った本井家の各自火消しが、『と』組の消火を妨害した。

そのために消し口をとった屋根が炎に包まれ、早く崩落し、『と』組の纏持ちが大火傷《おおやけど》を負ったのだ。

火事は類焼を免《まぬか》れ、損害は少なく済んだが、大名の各自火消しと町火消しの禍根《かこん》が残り、その後も町中で乱闘騒ぎを起こし、さらにはお互いの火消しが闇夜に襲われ、怪我人が出ていた。

「まだ、睨み合いが続いているそうだ。奉行所としては、ことがあれば動けるが、そうでなければと静観していた。ところが、昨日お奉行が登城された際、本井能登守さまからそのことを直々《じきじき》に頼まれたそうだ。いや、奉行所としてではない。青柳どのにだ」

四郎兵衛は大名までが揉め事の解決を剣一郎に依頼することが面白くないの

だ。

「能登守さま直々であられるか」

清左衛門が畏《かしこ》まって答える。

「そうだ。お奉行に青柳どのにと」

「わかりました。まだ、両者がいがみ合っていては町のひとにとっても迷惑です。なんとかしましょう」

「頼んだ」

「それにしても」

清左衛門が口をはさんだ。

「なんでもかんでも、青柳どのに頼りすぎではないか。わしもとやかく言えぬが」

「お奉行も青柳どのを頼りにしている。もって瞑《めい》すべきでござろう」

四郎兵衛は立ち上がってさっさと引き上げた。

「青柳どのをこき使っているようだ」

清左衛門は吐き捨てた。

「いえ、私でお役に立てるのであれば……」

「すまぬな」

清左衛門は頭を下げた。

「宇野さま。どうぞ、そのような真似は」

再び、年番方与力部屋に戻った。

清左衛門は差し向かいになって、

「『と』組と本井家の各自火消しとの仲裁に落としどころはあろうか」

と、厳しい表情できいた。

「その後の仕返しで双方に怪我人を出していますが、纏持ちが大火傷を負った『と』組のほうが気持ちに治まりがつきにくいでしょう。そこをどうするか。それと、お互いの面目をどう保つか、いささか頭の痛いところでございます。しかし、逆にいえば、お互いの面子《めんつ》が立てば、すんなり手も打てましょう。きっと何かいい手立てがあるはずでございます」

「ご苦労なことだが、頼む」

清左衛門は頷いてから、

「その後、るいどのはいかがかな」

と、話題を変えた。

「はい。元気でやっているようです。先方の親御どのにも可愛がってもらっているとのこと」

るいが高岡弥之助《たかおかやのすけ》に嫁いで半年近くになろうとしている。

「それはなにより」

清左衛門は微笑《ほほえ》んで、

「しかし、寂しくなったであろうな」

「はい。いささか」

剣一郎は正直に言い、

「でも、志乃《しの》がおりますので」

と、伜剣之助《せがれけんのすけ》の嫁のことを口にした。

「うむ。志乃どのもとてもよい嫁だ」

若い与力が書類を持って清左衛門のところにやって来たので、剣一郎は挨拶をして下がった。

昼過ぎ、剣一郎は深編笠に着流しで、浅草黒船町《あさくさくろふねちょう》の十番組『と』組の頭大五郎《かしらだいごろう》の家にやってきた。間口の広い家の脇に水を噴き出す竜吐水《りゅうどすい》が備えられている。土間に入ると、纏が置いてあり、壁には鳶口《とびぐち》がたくさん下がっている。

「ごめん」

剣一郎は深編笠をとって、呼びかける。

「青柳さま」

若い衆が飛びだしてきた。

「頭はいるか」

「へい。おります。ちょっとお待ちを」

男は奥に引っ込んだ。

すぐに、肩幅のがっしりした男が出てきた。頭の大五郎だ。眉毛《まゆげ》の濃い、男らしい顔をしている。四十前後だが、まだ血気盛んな感じだ。

「これは青柳さま」

大五郎は上がり口までやってきて腰を下ろした。

「先日の火事で、本井家の各自火消しといざこざを起こしたそうだな」

剣一郎は切り出す。

「へえ。まったく、無茶な連中ですぜ」

大五郎は眦《まなじり》をつり上げた。

「消し口をとられた腹いせに、火消しを邪魔しやがったんですぜ。そんため、吾《ご》平《へい》は大火傷を負ったんだ」

「吾平の容体はどうだ？」

「命は助かりましたが、背中一面に火傷を負い、まだ呻《うめ》いています」

「そうか。だが、いつまでも角をつき合わせていても仕方あるまい」

「そのとおりですが、向こうが詫《わ》びてこなけりゃ、こっちはいつでも相手になるつもりですぜ」

「向こうが詫びてくれば許すのか」

「それと、当然、火傷治療の薬礼と仕事が出来ない間の金の埋め合わせをしていただかなきゃなりませんぜ」

「そうだろうな」

「青柳さま」

大五郎が警戒ぎみに、

「ひょっとして、青柳さまが仲立ちをしようって言うんじゃないでしょうね」

「うむ。不服か」

剣一郎は確かめる。

「もちろんでさ」

大五郎は顔をしかめ、

「あっしらが、青柳さまから、この顔を立てて仲直りをしてもらいたいと言われたら、断れませんぜ。あっしらは青柳さまに逆らうなんて出来ません。よしんば、青柳さまの頼みを聞き入れなかったなどと世間に知られたら、あっしは袋叩きに遭《あ》ってしまいますからね。ですから」

「待て」

剣一郎は大五郎を制し、

「偏《かたよ》った考えはしないつもりだ。ただ、わしが裁定を下すまで、いたずらにことを構えんでもらいたい」

「へい。わかりました」

「また、寄せてもらう」

剣一郎は『と』組の家を引き上げた。

四半刻（三十分）後、剣一郎は下谷七軒町《しちけんちょう》にある本井能登守の上屋敷を訪れた。

当初は火災のたびに大名や旗本に消火を命じていたが、寛永《かんえい》二十年（一六四三）、六万石以上の大名十六家が四組に編成され、大名火消しが組織された。

しかし、それでは追いつかず、明暦《めいれき》の大火（一六五七）の翌年に幕府直属の定火消しが旗本を中心に作られた。さらに、享保《きょうほう》二年（一七一七）、大岡忠相《おおおかただすけ》が町奉行に就任するに及び、各大名が石高《こくだか》に応じて人足を抱えて屋敷周辺の消火に出勤するようになった。これが各自火消しである。

町火消しが組織されたのもこのころだ。それからは、火事の現場で町火消しと各自火消しがかち合い、今回のように消し口を求めて対立することがたびたびあった。

玄関で剣一郎に応対したのは三十歳ぐらいの武士だった。

「私は南町奉行所与力青柳剣一郎と申します。先日の『と』組との諍《いさか》いのことで、各自火消しの頭とお会いしたいのですが」

「どのようなお話か。私が伺おう」

「あなたさまは？」

「丸山惣太郎《まるやまそうたろう》だ」

「火消し同士で睨み合っていては、またいざというときに消火の活動に影響が出るやもしれません」

「向こうが非を詫びて頭を下げてくれれば考えよう。それと、負傷した者への薬礼だ」

「『と』組の纏持ちが大火傷を負っているそうです」

「こっちの纏持ちも屋根から突き落とされて大怪我をしている」

「その後、『と』組の消火を妨《さまた》げたということですが」

「言いがかりだ。こっちはちゃんと消火を行なっていた」

惣太郎は強気だった。

「先方より薬礼を受け取れば、相手の火傷の薬礼をお出しになりますか」

「向こうが悪いのだ。出す必要はない」

「それでは、いつまで経っても埒《らち》が明きません。なんとか、雪解けに向かうようにお考え願えませぬか」

「無理だ」

「このままでいいとお思いですか」

「そうは言っておらぬ」

「なんとか仲立ちをしたいと思います。どうか、それまでいたずらにことを荒立てないようにしていただけますか」

「相手次第だ」

「『と』組のほうにも慎《つつし》むように話してあります」

「どうだか」

　惣太郎はなかなか折れなかった。

　能登守のお声掛かりがあったので、仲直りを拒《こば》まないと思ったが、強気だった。能登守がお奉行に話したのは、仲を取り持って欲しいということではなかったのかもしれない。

『と』組を説き伏せろということだ。

　長谷川四郎兵衛もそのつもりで剣一郎に命じていたのだ。

　剣一郎は不快な気持ちになった。

　本井家の上屋敷を辞去し、剣一郎は武家地を抜けて鳥越《とりごえ》神社の前に出た。

　ふと、京三という男のことを思いだした。このあたりの『久野屋』という下駄屋の二階に居候しているという。

　剣一郎は『久野屋』を探し、店先にいた主人らしい年寄りに、京三のことをきいた。少し背が丸まった主人はしょぼしょぼした目を向けて答える。

「はい。二階のお部屋をお貸ししています」

「今、いるか」

「さっき、お出かけになりました」

「そうか。では、また出直そう」

　剣一郎は仕方なく引き返した。


　夕方、剣一郎が屋敷に帰ると、多恵が着替えを手伝いながら、

「高四郎から使いが来て、またおまえさまに来ていただきたいとのことです。病気になってから、急にわがままになって」

　と、すまなそうに言う。

「寝込んでいれば、そうなるものだ。明日にでも行ってみる」

「申し訳ございません」

「なあに、高四郎はわしの義弟だが、そなたとの仲をとりもってくれた恩がある」

「そうでしたわね」

　多恵も思いだしてふと口許を綻《ほころ》ばせた。

「おまえさまが若いころ、押し込み犯の中に単身で乗り込み、賊を全員退治したことに、高四郎は痛く感じ入っていました。私に、ぜひ青柳さまに嫁いでくれと、毎日顔を合わせるたびに言われました」

「そうだった。わしも姉を嫁にもらってくれと頼まれ、正直閉口していたが、そなたをはじめて見たとき……」

剣一郎は言いさした。

「はじめて見たとき、なんですの？」

「昔のことだ。忘れた」

剣一郎は照れ笑いを浮かべた。

「まあ、ずるいですよ。言いかけてやめるなんて」

「うむ。すまない」

剣一郎は多恵に会った瞬間、運命を感じたのだ。

思えば、剣一郎が押し込み犯の中に単身で乗り込んだのは勇気でも正義心でもなかった。

あれは剣一郎が十六歳のときだった。兄と外出した帰り、ある商家から引き上げる強盗一味と出くわしたのである。

与力見習いの兄は敢然《かんぜん》と強盗一味に立ち向かって行ったのだが、剣一郎は真剣を目《ま》の当たりにして足がすくんでしまった。

三人の強盗を倒した兄は、不覚にもうひとりの男に足を斬られ、うずくまった。兄の危機に、剣一郎は助けに入ることが出来なかった。

兄が斬り殺されてはじめて剣一郎は逆上し、強盗に斬りかかったのだ。

剣一郎がすぐに助けに入っていれば、兄が死ぬようなことはなかった。その後悔が剣一郎に重くのしかかった。

兄が死んだために、剣一郎は青柳家の跡を継いだ。だが、兄を見殺しにしたという自責の念を抱えたままだった。そんなときにまた偶然にも押し込み事件に出くわしたのだ。自棄《やけ》になっていた剣一郎に、兄が与えた試練だったのかもしれない。もし、兄のことがなければ、単身で乗り込むような真似は出来なかっただろう。

そのことで高四郎が剣一郎に憧れ、その高四郎によって多恵と出会った。ある意味では、死んだ兄が多恵と巡《めぐ》り逢《あ》わせてくれたのかもしれなかった。

いや、すべて今の暮らしがあるのも兄と、そして高四郎のおかげなのだ。

「おまえさま」

多恵の声にはっと我に返った。

「どうかなさいましたか」

「いや。そなたとはじめて会ったときのことが蘇《よみがえ》ってな。明日、高四郎にそのころのことを覚えているか、きいてみよう」

剣一郎はそのころと少しも変わっていない多恵を不思議そうに見て言った。

四

その夜、京三は元鳥越町の『久野屋』に帰ってきた。

「お帰りなさい」

亭主が梯子段を上がりかけた京三に、

「昼間、青痣与力が訪ねてきたぞ」

と、声をかけた。

「青痣与力？」

「名乗らなかったが、笠の内の顔に青痣が見えた。あれは、青痣与力の青柳さまに違いねえ。でも、青柳さまが京三さんにどんな用なんだろうな」

亭主は好奇心に満ちた目で言う。

「さあ」

「また、出直すと言っていた」

「そうですかえ。あっしには心当たりがねえんですが」

「じつは、その前に岡っ引きの千蔵親分が京三さんのことをききにきたんだ」

「………」

「千蔵親分に目をつけられるようなことは？」

「人違いでもされているのかもしれませんね」

京三は首を傾げながら二階に上がった。

やはり、久次郎殺しで俺に疑いの目を向けているのか。しかし、俺と久次郎を結びつけるものは何もない。

部屋に落ち着き、京三は深川の道具屋で手に入れた新たな匕首を懐《ふところ》から取り出した。

刃を抜き、握りを確かめる。指先でくるくるとまわし、空《くう》に上げて二回転させて柄《え》を握る。

左手に持ち替え、すぐ右手に戻す。何度か繰り返すうちにだんだん手に馴染《なじ》んできた。

久次郎を刺した匕首は五条天神の裏の欅のそばに埋めてきた。見つかっても足がつくようなことはないが、見つからずにすむならそのほうがいい。

梯子段を上がってくる音がして、匕首を鞘《さや》に納め、手拭いで巻いてふとんに隠した。

「京三さん、いいかえ」

亭主だ。

「へえ、どうぞ」

「失礼するよ」

障子を開けて、亭主が徳利《とっくり》と湯呑みをふたつ持ってきた。

「ちょっといっしょに呑もうかと思ってね」

亭主は丸い小さな目をした気弱そうな顔の男だ。貸間ありと書かれた木の札が軒下に下がっていたのを見て、部屋を借りたいと申し出たのだ。

警戒されるかと思ったが、亭主はあっさり貸してくれた。素性のわからぬ人間をうるさく詮索《せんさく》することはなかった。

京三の目の前に座り、湯呑みに酒を注いで、

「さあ」

と、亭主はひとつを寄越した。

「すみません」

「どうだえ、下り酒だ」

亭主は一口すすり、

「うむ。うめえ」

と、にやりとした。

「うちにきて、そろそろひと月だが、どうだね、住み心地は？」

「へえ。気持ちよく過ごさせていただいてます」

「それならよかった。まあ、何か不自由なことがあったら言ってくれ」

「へい」

「さあ、ぐっと空けて」

京三はぐいと酒を呑み干し、湯呑みを置いた。すぐに亭主は徳利を摑《つか》んで酒を注いだ。

「久野屋さん」

京三は湯呑みの酒を半分ほど呑んで声をかけた。

「何か、あっしに御用じゃありませんかえ」

青痣与力が訪ね、その前には岡っ引きがやってきたことで、俺に不審を持ちはじめたのかもしれないと、京三は思った。

「じつは……」

湯呑みを置いて、亭主は真顔になった。

「俺には倅がいるんだ。和助《わすけ》という、恥ずかしい話だが、出来の悪い倅でね。手《て》慰《なぐさ》みを覚え、博打《ばくち》場に入り浸るようになった。二年前、勘当《かんどう》した」

「勘当ですかえ」

「何かやらかしそうでな。嫁に行った娘にまで迷惑がかかってはいけないと思ってな。親子の縁を切ったんだ」

「なんと言っていいやら」

京三は顔をしかめた。

「勘当をしたあと、倅の和助は上州《じょうしゅう》に行ったようだ。それから二年経った先月のはじめ、和助から手紙が届いた。来月、江戸に帰るとあった」

「じゃあ、そろそろ江戸に戻ってくるのですね」

「そうだ」

「この部屋を空けなくちゃいけませんね」

「そうじゃねえんだ」

「……………」

「あいつを家に入れたくないから、貸間の札を吊《つ》るしたんだ。和助はもうこの家の人間じゃないんだ」

「堅気《かたぎ》になっているかもしれませんぜ」

「それはない。半年前、上州に商売で行った知り合いが和助を見かけた。博徒の子分になっていたそうだ。そんな奴を家に入れたくないんで、京三さんに貸したってわけだ」

「そうだったのですか」

「和助は帰って来たら、京三さんに部屋を明け渡せと迫るかもしれない。京三さん、すまねえが無視してくれ」

「いいんですかえ」

「ああ、いい。和助は死んだものと思っているんだ」

　亭主は寂しそうに言う。

「おかみさんも、それでいいんですかえ」

「俺と同じだ。堅気にならなければ、この家の敷居をまたがせねえ。うちの奴も同じ考えだ」

「じゃあ、あっしはここから出て行かなくていいんですね」

「当たり前だ。いてもらったほうがありがたい」

湯呑みの酒を呑み干して、

「残りは呑んでくれ」

と言い、亭主は立ち上がった。

「じゃあ、遠慮なくいただきます」

亭主が部屋を出て行ったあと、京三はひとりで酒を呑み、会ったこともない和助のことを考えた。

最初から悪かったはずはない。何かのきっかけで博打にのめり込むようになったのだ。いったい、和助になにがあったのか。

俺だってあんなことがなければ、今ごろは……。急に酒が苦くなった。俺をこんなふうにした人間のひとり、久次郎は片づけた。あとふたりと、背後にいた人間だ。

あの日から、京三は生まれ変わった。黄泉《よみ》から蘇ったのだ。

翌日、京三は浅草田原町《たわらまち》三丁目にやって来た。

足袋《たび》問屋『上総屋《かずさや》』の前を通る。客の出入りも多い。

足袋問屋だが、足袋専門ではない。股引《ももひき》や腹掛けなどの仕事着も扱っている。足袋は職人の履《は》く地下《じか》足袋が多く、ふつうのひとが履く岡足袋は秋から冬にかけて出回るが、この時期になると余り扱わない。

それは十五年経った今でも変わらないはずだと、京三は思った。

店から客が出てきた。見送りに番頭らしき風格の男がついてきた。

「じゃあ、番頭さん。お願いします」

「はい。お気をつけて」

頭を下げて客を見送ったあと、顔を上げた番頭はこっちを見た。

京三と目が合ったが、何ごともなかったかのように表情を変えずに店に戻った。すっかり肥って、顔も丸くなったが、昔の面影はある。

そうか。あの松吉《まつきち》が今じゃ、番頭か。京三は苦いものが胸に広がった。

十五年前まで、京三もこの店で手代をしていたのだ。松吉とはほとんど同じころに丁稚《でっち》として奉公した。

松吉がこっちの顔を見ても気づかないのは無理もない。この十五年の風雪は京三の風貌《ふうぼう》を一変させてしまった。

空駕籠《からかご》がやってきて、店の前に止まった。

今度は絽《ろ》の羽織《はおり》を着た男が出てきて、松吉や手代に見送られて駕籠に乗って出かけた。

『上総屋』の主人だ。

「沢太郎《さわたろう》……」

京三は睨みつけた。

今の主人は当時番頭だった沢太郎だ。京三は、番頭の沢太郎にはずいぶんいじめられたものだ。

主人に気に入られていたのをいいことに、店では威張《いば》っていた。もし、沢太郎がいなければ、京三は辛抱《しんぼう》出来たかもしれない。

「最後はおめえだ」

京三は駕籠で去って行った沢太郎に冷たく言う。

『上総屋』から離れ、京三は駒形町に出て、浅草黒船町に向かう。途中、念のために振り返ったがつけてくる人間がいるはずはない。

それでも気にしたのは、千蔵という岡っ引きのことがあるからだ。五条天神裏の『真澄家』まで追ってきた執念《しゆうねん》は侮《あなど》れない。

下手人だと見破られるとは思えないが、気をつけなければならないと身を引き締め、黒船町にやってきた。

十番組『と』組の頭大五郎の家の前に差しかかる。大五郎は俠客として鳴らした男だ。

『上総屋』の手代だったころ、何度か顔を合わせている。

当時まだ二十代半ばだったが、気《き》っ風《ぷ》のいい男で、誰からも一目置かれていた。

大五郎の家から若い男が出てきた。京三はすぐ声をかけた。

「もし」

「なんでえ」

若い男が振り返った。一瞬臆《おく》したように後退《あとずさ》ったのは、京三に威圧感を覚えたからだろうか。

「纏持ちの吾平さんの容体はいかがでしょうか」

「あんたさんは？」

「吾平さんの纏を振る姿に勇気をもらっている者です。まさか、吾平さんがあんなことになるなんて」

「そうですかえ。吾平兄いはだいぶいいようです。まだ、起き上がるのは無理なようですが」

「吾平さんはこの家の離れですかえ」

「そうです」

「お呼び止めして、すみませんでした」

京三は礼を言い、駒形町のほうに行く若い男と別れた。

夕方、京三は五条天神裏の『真澄家』に行った。おしんという女が気がかりだった。このまま顔を出さなければ、岡っ引きに何か言うかもしれないという危惧《きぐ》をもった。

店先に三人の女がいたが、その中で小肥りの女が立ち上がった。

「来てくれたんだね」

おしんが二重顎の顔を綻ばせて言う。他のふたりの冷たい視線を浴びながら、二階に上がった。

た。

「待ってて」

おしんは障子を上に持ち上げるようにして開け、廊下に出て、階下に声をかけ
た。

「酒をもらおう」

酒が運ばれて来てから、

「もう、来てくれないと思っていたわ」

と、おしんが言う。

「そう思ったか」

「ええ、でも、言わないでよかった」

「言わないで？」

京三は不思議に思った。

「ええ」

おしんはばつが悪そうに俯いた。

「どうした？」

「なんでも……」

「なんでもなければ言ったたっていいだろう」

「あんときの岡っ引き、また来たの」

「なに、岡っ引きが？」

「ええ。で、京三さんのことをいろいろきいてきたわ」

「…………」

「でも、何も話さなかったわ。あのことも……」

「あのこと？」

京三は眉根を寄せた。

袖口の血のことだ。思っていたとおりだ。このままでは危ないと思った。なんとかしなければならない。京三はおしんと酒を酌み交わしながら、そのことばかりを考えていた。

五

剣一郎は小石川にある多恵の実家を訪れた。

義母に案内されて、剣一郎は高四郎が寝ている部屋に行った。

「高四郎、また来たぞ」

「ああ、義兄上《あにうえ》、よく来てくださいました。この前、来ていただいたばかりなのにお呼びたてして」

「なあに、気にすることはない。わしとて、そなたと語らっているのは楽しいのだ」

「そう仰《おつしや》っていただけると……」

高四郎が目尻を濡らした。

「どうした？」

「いえ」

高四郎は力のない声で、

「ずっと寝ていると、どういうわけか昔のことばかりが思いだされます」

「そうか。それも止《や》むを得まい。他にすることはないのだからな」

剣一郎は何ごともないように言ったが、高四郎に元気がないのが気になった。

いろいろ話をしようとしたが、高四郎は目がとろんとしている。

「少し、眠ったほうがいい」

「いえ、だいじょうぶです」

高四郎は目を開けた。だが、またとろんとしてきた。

「また、来る。ゆっくり休むがよい」

「はい」

剣一郎は声をかけ、別間に行った。

岳父《がくふ》の高右衛門が待っていた。きょうは非番なのだ。

「高四郎はきょうは気分がすぐれぬようですね」

剣一郎はきいた。

「なかなかよくならぬのだ」

高右衛門が心配そうに言う。

「医者はなんと?」

「首をひねるばかりだ」

「…………」

「いや、そんなたいそうな病ではないことは確かだそうだ。予想より、快方が遅れているので気になるが」

「他の医者にも診《み》ていただいたらいかがですか。ひとりでは見落としていることも、何人かが診れば……」

「まあ、もう少し様子をみてみよう」

「はい」

「剣一郎どのも相変わらず忙しそうだな」

「我らのような仕事は忙しくないほうがいいのですが」

「そうよな」

「明日にでも、多恵を寄越します」

「無理せぬでいい」

「いえ、多恵も心配しておりますゆえ」

「そうか」

ふと、岳父が何か言いたそうに口を開きかけた。が、思いとどまったように、口を閉ざした。


多恵の実家をあとにし、剣一郎は本郷通りに差しかかった。

高四郎の病状がすぐれないことで気分が晴れなかった。そして、岳父が何か言いかけたことも気になった。

神田明神の前を過ぎ、神田川のほうに向かいかけたとき、

「青柳さま」

と、小走りにやってくる男がいた。

「太助か」

猫の蚤取りの太助だ。

「おや、髷に埃、頬も黒い」

「えっ」

あわてて太助は顔を手拭いで拭き、髷も払った。

「まだ、猫を捜していたのか」

「やっと見つけ、飼い主に届けてきました」

「そうか。ご苦労だったな」

「へえ」

「ところで、抱えているのはなんだ？　蚤を取る道具か」

「毛皮です。猫を湯浴《あ》みさせ、この毛皮で包《くる》むんです。すると、蚤が毛皮のほうに移動するってわけです」

「なるほど。それでうまくいくのか」

「へえ、いきます」

太助は弾んだ声で言い、

「青柳さまのところは猫を飼っていないんですかえ」

と、きいた。

「うむ。飼っていない」

「そうですか。もし飼うことがあったら言ってください。ただで蚤取りをさせていただきます」

「そのときは頼もう」

「青柳さま」

並んで歩きながら、太助がきく。

「この前の下手人、まだ見つからないそうですね」

「まだだ」

「そうですかえ」

「あのあと、岡っ引きの千蔵が唐桟縞の単衣を着た男を見つけたが、藍色に濃い赤の縞で紺と白ではなかったそうだ」

「ええ、次の日、親分があっしにもう一度、確かめにきました。あっしが見たのは藍色に濃い赤の縞じゃありません。藍色に濃い赤の縞では、暗がりだと、黒く見えたはずですからね。白っぽく見えたということはやっぱり別人なんでしょうね」

太助は首をひねった。

「何かひっかかるのか」

「いえ。でも、親分が聞き込みをしながら行き着いた遊女屋に、下手人に似たような男がいたってのが気になるんです」

「千蔵も気にしていたな。そうだ、わしはその男に会ってみようと思っている。どうだ、付き合うか」

「いいんですかえ」

「ああ、そなたの目で確かめてもらいたい」

「へい、喜んで」

剣一郎は太助を伴い、元鳥越町に向かった。

下駄屋に着き、剣一郎は昨日の亭主に訊ねた。

「京三はいるか」

「へい、きょうはおります。今、呼んできます」

亭主は奥に行った。

しばらくして、三十半ばぐらいの男が現われた。細面の鋭い顔だちで、細身ながらかなり鍛えた体つきだということがわかる。

「京三か」

剣一郎は確かめる。

「へい。京三でございます」

まったく動じることはない。目の奥底に凶悪な何かを隠しているような無気味さが感じられた。堅気にはない凄味《すごみ》がある。もっとも、これは剣一郎だから見抜けることであって、ふつうの人間の目には堅気の男と映るであろう。

それにしても、剣一郎の前でも臆した様子がないのは疚《やま》しいことがないのか、よほど胆《きも》が据《す》わっているのか。

「ちょっと話がききたい。鳥越神社の鳥居のところで待っている」

「二階でも構いませんが」

自分の部屋に上げようとした。

「いや。そんなに時間はかからぬでな」

「へい。では、すぐお伺いします」

剣一郎は先に鳥越神社に向かった。鳥居の陰に、太助を待たせていた。

京三がやってきた。

「お話とは、千蔵親分と同じ件でしょうか」

「そうだ。神田明神の裏で、『宝生屋』の久次郎という男が殺された。千蔵が下手人のあとを辿ったら五条天神裏にある『真澄家』に客できていたそなたに行き着いた」

「へえ。さようで。驚きました。朝起きたら、親分さんが踏み込んできましたんで」

京三は苦笑しながら言う。

「とんだ迷惑だったな」

「いえ。でも、あっしは『宝生屋』の久次郎というひとのことはまったく知りません」

「久次郎は商売敵の店の人間といざこざを起こしていたようだ。探索はそっちに向いている。関わりがないのに迷惑をかけたことを、奉行所の人間として詫びておこうと思ってな」

「そんなこと、ちっとも気にしちゃいません」

「下駄屋の二階に住んでまだひと月だそうだな」

「さようで」

「それまでどこにいたんだ？」

「加賀《かが》でございます」

「加賀？　以前、江戸にいたことは？」

「いえ、今回はじめてでございます。江戸で商売ができるか、調べにきました」

「そうか。で、どうだ？」

「なかなか難しいのですが、まだこれからです」

「まあ、頑張ることだ。わざわざ呼び出してすまなかった」

「いえ」

会釈をして、京三は引き上げて行く。

遠ざかる京三を、太助がじっと見送る。

「どうだ？」

「奴です」

太助は興奮して、

「帯の結び目です。貝の口の位置が背中の真ん中よりやや右寄りに締めてます。あのときの男もそうでした。それから、あの歩き方」

「歩き方？」

「そうです。左腕は動かさず、右腕だけを少し振って歩いてました。今の男もそうです」

「間違いないか」

「へえ。間違いありません」

太助は自信を持って言ったが、貝の口を右寄りにする者も、歩くときの腕の振り方も同じような癖の人間は他にもたくさんいよう。だから、それだけで太助が見た男が京三だと言い切ることは出来ないが、京三であってもおかしくはない。

「だが、着物の色が違う」

剣一郎は当惑して言う。

「青柳さま。京三さんの敵娼《あいかた》はなんていう女なんでしょうか」

「どうするんだ？」

「その女に会って話を聞いてきます」

「そなた、そこまでするのか」

「へえ、京三さんがあっしが見た男かどうか、はっきりさせなきゃ落ち着きません」

「敵娼の名は千蔵にきかぬとわからぬ。きいて教えよう」

「いえ、あっしのほうで千蔵親分を捜してきいてみます。そんとき」

太助は半拍の間《ま》を置き、

「親分が教えてくれなかったら、青柳さまの命だと口にしてよろしいでしょうか」

「いいだろう」

「へえ、ありがとうございます」

太助は飛び上がって喜び、

「では、さっそく」

と、千蔵を捜しに行った。

剣一郎はもうひとつの厄介《やっかい》な仕事を思い出し、浅草黒船町の『と』組の頭大五郎の家に向かった。

四半刻（三十分）後、剣一郎は大五郎と客間で会った。

「本井家に行ってきたが、なかなか強硬な姿勢を崩しておらぬ」

「そうでございましょう」

大五郎が憤慨して続けた。

「あっしは今回のことは、消し口の取り合いからのいざこざとは思っておりませ
ん」

「と、言うと?」

「奴らは、町火消しを面白く思ってないんです」

「うむ。最近は町火消しのほうが目立つし、江戸の人間は町火消し贔屓《びいき》だから
な」

「へえ。たぶん、いつか火事場でかち合ったら一戦交えてやろうと考えていたん
じゃないでしょうか」

「向こうから仕掛けてきたと見ているのか」

「はい。吾平が言うにも、最初から向こうは喧嘩腰だったそうです」

「そうか。吾平から話をきいてみたいんだが、会えるか」

「へえ。だいじょうぶです。離れで養生をしています。ご案内しましょう」

「すまぬ」

剣一郎は立ち上がった。

いったん土間におりて、庭にまわった。

朝顔《あさがお》の植木の前を通り、離れに行った。

「吾平。起きているか」

濡縁の手前で、大五郎が障子に向かって声をかけた。

「起きています」

「青柳さまがお見えだ。入るぞ」

濡縁に上がり、大五郎は障子を開けた。

剣一郎も刀を外して部屋に入る。

「これは青柳さま。こんな姿でお許しを」

顔は無傷で、火傷は背中一面のようだった。

「どうだ？」

「へえ。痛みはだいぶ引きましたが、皮膚が引きつります」

吾平は顔をしかめた。

「悔しいですぜ。本井家の火消しは端《はな》から俺を焼け死にさせようとしていたんですぜ。俺たちが火を消すのを邪魔しやがって」

「消し口を取り合ってのいざこざではなく、最初から、纏持ちの吾平に狙いを定《さだ》めていたというわけか」

「そうでさ。奴らのやり方は汚《きたね》え」

やはり、本井家のほうでは、これを機に町火消しを押さえ込もうという意図があるのかもしれない。

「腹を立てていては傷口に障《さわ》ろう。悔しいだろうが、よけいなことを考えず、まず早く治すことに専心せよ」

「へい。ありがとうございます。あっ、青柳さま」

吾平が呼び止めた。

「何かな」

「『宝生屋』の久次郎が殺されたそうですね。下手人はまだ見つからないのですか」

「まだだ。知っているのか」

「へえ。ちょっと」

「そうか。必ず捕まえてみせる」

剣一郎は立ち上がった。

庭に出てから、

「纏持ちは続けられるのか」

と、剣一郎はきいた。

「本人はそのつもりです。ですが、火傷が治っても、今までのようなわけにはいかないと思います」

「纏持ちを諦めざるを得ないのか」

「はい。可哀《かわい》そうですが」

「纏持ちが出来ないことを知ったら、吾平はどうなる?」

「……」

「まさか、単身で本井家の火消しに仕返しをしようなどとは……」

「そういうことがないように、私も目を光らせておきます」

大五郎も怒りを抑えて言った。


夕方に、剣一郎は八丁堀の屋敷に帰ってきた。

迎えに出た多恵が、

「いかがでしたか」

と、弟のことを心配した。

「じつは、きょうは体調が思わしくなかったようだ」

「まあ」

多恵が声を呑んだ。

「わしの顔を見ても、目がとろんとしていた」

「そうですか……」

「医者の話ではもうよくなってもいいころだそうだ。医者も首を傾げているらしい」

「どうしたのでしょうか」

多恵が沈んだ表情で言う。

「明日にでも、行ってきたらどうだ？　こっちは志乃がいるから心配はいらぬ」

「そうさせていただいてよろしいでしょうか」

「行ってきなさい。義父上《ちちうえ》も、お喜びになろう」

「はい」

「そうそう、義父上が何かわしにききたそうだったが、何も言わなかった。いったい、何をききたかったのだろうか」

剣一郎はそのときの岳父の顔を思いだしていた。

「さあ」

多恵は首を傾げたが、

「もしや……」

と、何か思い当たったように呟いた。

「なんだ？」

「いえ」

多恵までも言葉を濁《にご》した。

「ひょっとして、文七《ぶんしち》のことでは？」

剣一郎は思いついてきいた。

文七は剣一郎の手足となって動き回っている男だ。何ごとにも対応出来る頭の柔らかさと才覚があった。

剣一郎は文七が多恵の腹違いの弟だと思っている。

「いえ……」

「今まで深く詮索したことはなかったが、そろそろ文七のことを話してくれないか。いや、今でなくともよい」

「はい」

「文七も二十九歳だ。そろそろ、身を立てさせてやりたいのだ」

「ありがとうございます。文七と私は異母姉弟で、おそらく、父もそのことをおまえさまに相談したかったに違いありません」

「うむ」

文七なら何をやらせても一人前の仕事が出来よう。多恵の弟だからというだけではなく、これまで自分のために働いてきてくれた労に報《むく》いてやりたいと思っていた。

第二章　鳶《とび》の喧嘩《けんか》

一

五つ半（午後九時）を過ぎた。さっきまで集まっていた連中も母屋《おもや》に引き上げた。母屋のほうはまだ騒がしいが、離れはひっそりしている。

京三は庭から離れの濡縁に上がった。そっと、障子を開ける。

枕元の有明《ありあけ》行灯の淡《あわ》い明かりが灯っているだけで、部屋の中は暗い。

「誰でえ」

吾平の声がした。

「俺だよ」

「誰だ？」

「静かにしねえか」

京三は枕元に腰を下ろした。

「なんだおまえは？」

「火傷をしたそうだな。おかげでこっちの当てが狂った」

「なに？　だから一体誰なんだ？」

「久次郎を殺《や》ったもんだ」

「なんだと」

吾平が起き上がろうとしたのを、京三は肩を摑んで押さえつけた。火傷の痕が痛むのか、吾平は呻いた。

「やめろ」

声が震えを帯びていた。

「明かりをつけろ」

「顔を見たって無駄だ。すっかり様変わりしているんでな。なにしろ最後に会ったのは十五年前だ」

「十五年……」

「そのころ、てめえは久次郎と与五郎といっしょに俺に何をしたか、よもや忘れたとは言わせねえぜ」

「てめえは庄吉《しょうきち》……」

「そうよ。てめえたち三人に襲われ、散々いたぶられたあとで、匕首で背中を斬られ、腹を刺された庄吉だ」

「生きていたのか」

暗い中でも、吾平が目を剝いたのがわかった。

「そうだ。十五年の間、この日を楽しみに待っていた。てめえが火傷を負っていなければ、久次郎のように、いや俺がやられたようにいたぶって殺したものを、それが出来ねえのが残念だ。その代わり、じっくり恐怖を味わってもらうぜ」

京三は匕首を抜き、寝ている吾平の首もとに突き付けた。

「やめてくれ」

「やめてくれ？　俺も同じことを言った覚えがあるぜ。やめてくれ、助けてくれ、生まれて間もない赤子がいるんだ、命ばかりは助けてくれと、恥も外聞もなく命乞《ご》いをしたっけ。だが、てめえたちはなんて言った？　てめえのようなちっぽけな人間が死んだって世間は痛くも痒《かゆ》くもねえ。そう言ったな。覚えているか」

「…………」

「どうなんだ？」

「この期《ご》に及んで、しらを切るのか。まあ、いい。やい、吾平。俺の子どもはどこにやったんだ?」

「知らねえ。ほんとうだ」

「久次郎も同じことを言っていた。じゃあ、誰が知っているんだ? 与五郎か」

「そうだ。俺と久次郎は与五郎兄いに誘われて、どういうことかわからないままやったんだ」

「与五郎ひとりのせいにするのか」

「ほんとうだ。俺は無理に誘われただけだ」

「俺はな、嬶《かかあ》や子どものために小さくても店を持とうと棒手振《ぼてふ》りをしてがむしゃらに働いていたんだ。あんなことがなければ、俺は今ごろ……」

京三はやりきれないように、

「下人足だったてめえは、あのあと、『と』組でとんとん拍子《ぴょうし》に出世し、梯子《はしご》持ちからついには纏持ちになった。俺をなぶり殺した手で纏を振って、世間から粋《いき》でいなせな纏持ちと讃《たた》えられ、いい気持ちに浸っていたんだろう」

「知らねえ」

「………」

「そろそろ引き上げねえと、町木戸が閉まってしまう」

京三は表情を引き締めた。

「よせ」

吾平が顔の前で手を振る。

「久次郎が待っているぜ」

「待て。子どものことを教えるから待て」

「子どものことだと？　さっきは知らねえと言っていたじゃねえか」

「ほんとうに知らない。ただ、あのあとずいぶん経ってから、与五郎兄いが子どもの亡骸《なきがら》を寺に運んだって話を、寺男から聞いたことがある。あんたの子かどうか知らねえが」

「どこの寺だ？」

「谷中《やなか》の天正寺《てんしょうじ》だ」

天正寺は『上総屋』の菩提寺《ぼだいじ》だ。奉公していた当時、おしんの供で何度か行ったことがある。

「与五郎に子どもはいたのか」

「いなかった」

「そのことを、与五郎にきいたりしなかったのか」

「きいたが、何も答えてくれなかった」

「そうか。もう、話すことはそれだけか」

京三は枕元にあった手拭いを摑んだ。

「なに、するんだ？」

吾平が恐怖に引きつった顔をした。

京三は手拭いで吾平の口を押さえ、匕首の刃を真上から心ノ臓を目掛けて突き刺した。瞬間、三人の男に襲われ瀕死《ひんし》の重傷を負ったときのことが脳裏を掠《かす》めた。

吾平の死は呆気《あっけ》なかった。返り血に気をつけ、手拭いで血糊《ちのり》を拭き取り、吾平の顔を見下ろす。

「ゆっくり休め」

外の様子を窺い、庭に出る。裏木戸を抜け大川端《おおかわばた》まで行き、匕首を川に放り投げる。水音を確かめ、御厩河岸《おうまやがし》から通りに出て、元鳥越町に向かった。

下駄屋の二階に戻り、京三は徳利から酒を注いで呑んだ。

久次郎も吾平も子どもをどこにやったのか知らなかった。だが、与五郎が谷中の天正寺に子どもの亡骸を持って行ったという。それが俺の子だろう。やはり、殺していたのだ。どこかで生きているかも知れないという淡い期待もあったが……。

おしんと子どもを殺された怒りと悲しみに、京三はのたうちまわった。ふたりを守ってやれなかったことに胸を抉られる思いだった。こんな目に遭わせた連中が許せねえ。

次は与五郎だ。三人の中では兄貴分で、与五郎が足袋問屋『上総屋』の先代から頼まれ、俺を襲わせたのだろう。

翌朝、怒鳴っているような大声で、京三は目を覚ました。朝から階下が騒々しかった。元鳥越町にある『久野屋』の二階に住むようになって約ひと月。こんな形で起こされたのははじめてだった。

亭主の悲鳴のような声が聞こえた。誰かが梯子段を駆け上がってきた。京三が半身を起こしたとき、いきなり障子が開いた。

二十五、六の目尻のつり上がった男だ。

「なんですね。ひとの部屋を勝手に開けて」

京三は咎《とが》めるように言う。

「ひとの部屋だと？　ふざけるな。ここはおめえの部屋じゃねえ。居候の分際でなめた口をたたくんじゃねえ」

荒《すさ》んだ感じの男だ。

「和助さんだね」

「そうよ」

和助は片膝《ひざ》を立てて座り、

「ここの倅だ。俺が帰ってきたからには、おめえにここにいてもらっては困る。すぐ出て行ってもらおう」

「断ります」

京三はきっぱりと言う。

「なんだと。出て行かねえと言うのか」

「へえ。ここのご亭主に部屋を借りているんであって、おまえさんに借りているわけじゃありませんのでね」

「やい、痛い目に遭いてえのか」

「和助さんは勘当の身と聞いていますが」

「そんなもの、すぐ解ける」

「いや、今の様子では無理でしょう」

「なんだと」

和助は息巻いた。

「そんなにいきり立ちなさんな」

「てめえ」

和助が襟首《えりくび》に手を伸ばした。京三はその手首を摑み、すばやくひねり上げた。

和助は一回転して倒れた。

起き上がろうとして、手足をばたつかせた和助を押さえつけ、

「いいかえ。ここは俺の部屋だ。勝手な真似はするな。わかったか」

と、腕を背中にまわして締め上げた。

「痛《いて》え、放せ」

和助は悲鳴を上げた。

「情けない声を出すな。わかったかわかってきいているんだ」

「痛え、わかった」

「もう二度と、俺の前に顔を出すな。いいな。顔を出したらただじゃおかねえ」

京三は和助の背中に右足の膝を押しつけた。

「わかった。もう、出さねえ」

和助は泣き喚《わめ》くように言う。

「よし」

京三は和助を解放した。

和助はすぐには動けずにいる。

「なぜ、戻ってきた？」

「別に」

「ひとりでか。仲間もいっしょか」

「てめえなんかに言う必要はねえ。それより、てめえは何者だ？」

「おまえさんに言う必要はない」

「ちっ、ふざけやがって」

和助は這《は》うように廊下に出て、

「覚えていやがれ」

と、吐き捨てて梯子段を転がり落ちるようにして階下に行った。

何か喚きながら和助は家を飛びだして行った。

亭主が梯子段をあがってきた。

「京三さん、よく追っ払ってくれた」

「でも、いいんですかえ。実の子では……」

「あれは伜じゃない。俺は伜は死んだものと思ってる」

「なら、いいんですがねえ。でも、また、やってくるかもしれません」

「今度来たら俺が追い払うよ。だから、京三さんはここにいてくれ」

「ありがとうございます」

「では」

亭主は部屋を出て行ったが、横顔に憂いの色が浮かんでいたのに気づいた。

京三は『久野屋』を出て、浅草黒船町に向かった。

『と』組の頭大五郎の家は騒然となっていた。同心や岡っ引きが出入りをしている。戸口に立っていた数人の鳶の者に、京三は声をかけた。

「何かあったんですかえ」

「兄貴が殺された。屋敷の鳶連中だ」

鳶のひとりが乱暴に言う。

「屋敷とは本井能登守さまですかえ」

「そうだ。こんなことまでやらかすなんて許せねえ。汚え野郎たちだ」

別の鳶の者が怒りに声を荒《あら》らげた。

「ほんとうに、お屋敷の火消しの仕業ですかえ」

京三はわざときいた。

「それしか考えられねえ」

「へえ、それはひどい。邪魔しました」

京三はその場を離れた。

岡っ引きが出てきたが、縄張りが違うのか千蔵ではなかった。

どうやら本井家の各自火消しの仕業だと信じ込んでいるようだ。自分に疑いがかかることはまずあるまいと思っていても、疑いの目が他に向くのは歓迎すべきことだ。

久次郎と吾平のふたりが殺された意味を十五年前に求める者がいるとしたら、『宝生屋』の与五郎と『上総屋』の沢太郎のふたりだ。

だが、このふたりは十五年前のことを誰にも告げられないだろう。言えば、自分の悪事を明かすことになる。

もっとも、ふたりが久次郎と吾平が殺されたことと京三を結びつけられるとは思えない。京三、いや庄吉は死んだと思い込んでいるはずだ。

無意識のうちに田原町の『上総屋』に足が向かっていた。きょうも相変わらず客の出入りが多かった。

ふと、京三は背後に視線を感じた。さりげなく振り返る。人通りは多い。不審な人間に気づかなかった。

『と』組の頭大五郎の家の前でもひとの視線を感じた。一瞬だったので、気のせいかと思った。だが、今も同じ視線を感じた。

誰かが尾行をしている。そう思い、はっとした。千蔵という岡っ引きの手の者か。京三は、『上総屋』の前を行きすぎた。

東本願寺《ひがしほんがんじ》の前に差しかかる。背後に気配がなくなった。にも拘《かか》わらず、つけられているような気がしてならない。考えすぎか。

新堀川《しんぼりがわ》にかかる菊屋橋《きくやばし》を渡ってすぐ左に折れ、川沿いを行く。さりげなく後ろを向くと、職人体《てい》の男が歩いて来る。

職人は途中、阿部川町《あべかわちょう》の角を曲がった。武士がふたり歩いてくる。だが、今は射るような視線は消えていた。

そのまま、京三は『久野屋』に戻った。

二階の部屋に入ったあと、京三は窓から外を見た。怪しい人影はなかった。あの視線は気のせいだったのか。

京三は部屋の真ん中に戻った。

だが、落ち着かない。久次郎のときも吾平のときも手落ちはなかったはずだ。だが、それは思い込みに過ぎなかった。

袖口に血がついていたことに気づかなかったのは大きな落ち度だった。『真澄家』のおしんが着物を替えてくれたので助かった。

だが、問題は、岡っ引きが五条天神裏の『真澄家』までやってきたことだ。なぜ、あそこまで追いかけてこられたのか。

久次郎を殺した現場を誰にも見られていなかったはずだ。あのとき、周囲にひとの気配は感じなかった。ただ、猫の鳴き声を聞いた。もし、見られているとしたら、猫にだけだ。まさか、猫がと、京三は少し過敏になっている自分を感じ取っていた。

二

剣一郎が『と』組の頭大五郎の家に到着すると、すでに定町廻り同心の堀井伊之助が来ていた。

「青柳さま」

吾平の亡骸の前にいた伊之助が立ち上がって迎えた。

「まず、ホトケを見せてもらおう」

「はい」

伊之助が場所を空ける。

「今朝、吾平を起こしに来た若い衆が、声をかけても返事がないのでまだ寝ていると思っていったん引き上げてしまったのです。そのため、発見が遅れたようです」

剣一郎は吾平の亡骸の前にしゃがみ、手を合わせてから亡骸を検めた。

「寝ている上から匕首を突き刺したか」

目を剝いているのは恐怖からだろう。眠っていたところに襲いかかったのではない。吾平は刃物が突き刺さるのを見ていたと思われる。

下手人は体を押さえつけ、身動き出来ない状態にして刺したのだ。叫び声を出せなかったのか。

「口許に糸くずがついているな」

剣一郎は吾平の口の中を検めた。歯に布の切れ端が残っていた。

「切れを嚙《か》み切ったようだ」

枕元に手拭いが落ちていた。それに手を伸ばす。血がついていて、真ん中に穴が空いていた。

「この手拭いを口の中に押し込み、悲鳴を上げられないようにしたようだ」

「すぐには殺していないということですね」

伊之助がきいた。

「そうだ。まるで死の恐怖を味わわせるかのようだ」

「恨みを抱いている人間ですか」

伊之助は厳しい顔で、

「消し口の取り合いで喧嘩になった火消し……」

「まだ、決めつけるのは早い。そのことも含め、吾平を恨んでいる人間がいなかったかを調べるのだ」

「畏まりました」

部屋の中に荒らされた形跡はなく、盗まれたものもないようだ。

剣一郎は庭に出た。

柴垣《しばがき》で囲まれているだけなので、外からの出入りはそれほど難しくないようだ。不用心に思えるが、荒くれ者の鳶がたくさんいる家に忍び込む不心得者がいるとは考えにくい。

下手人は柴垣をすり抜け外に出たのだ。この先は大川だ。大川沿いを御厩河岸のほうか、反対の駒形のほうに逃げたのではないか。

庭に戻ると、頭の大五郎が来ていた。

「青柳さま」

大五郎が厳しい顔を向けた。

「まさか、このようなことになろうとはな」

剣一郎は痛ましげに言い、

「吾平は誰かに恨まれてはいなかったか」

と、きいた。

「いえ。若いころは喧嘩っ早くて、鼻摘《つま》み者でしたが、火消しとして場数も踏み、纏持ちになってからは若い者の面倒もよく見、町の衆からも一目置かれるような人間になっていました。ひとさまから恨まれることなんて考えられません」

大五郎は口惜しそうに言い、

「考えられるのは本井家の火消しです。あんときの仕返しを……」

と、こめかみに青筋を立てた。

「待て。まだ、そうと決まったわけではない。早まるな」

「へい」

「吾平が殺されたのは昨夜だ。不審な物音とか叫び声に誰も気づかなかったのか」

「へい。五つ（午後八時）過ぎまではいつも誰かが離れに行っています。ゆうべも、そのころに、みな引き上げてきました」

大五郎の声が震えを帯びていた。

「それからは、吾平ひとりなのだな」

「そうです。厠《かわや》にはひとりで行けるようになりましたから、最近は夜中は誰も付き添っていません。本人もそうしてくれと言ってましたから」

「そうか。必ず、下手人は挙げる。くれぐれも早まるではない」

念を押して、剣一郎は離れから引き上げた。

離れでは検死与力がやってきて亡骸を検めていた。


その後、剣一郎は奉行所に戻った。すぐ宇野清左衛門に呼ばれた。

年番方与力部屋に行き、机に向かっていた清左衛門に、

「宇野さま」

と、声をかけた。

「おう、待っていた。これへ」

清左衛門はそばに来るように勧める。

「失礼します」

「『と』組の纏持ちの吾平が殺されたそうだな」

剣一郎が近付くのを待って、清左衛門が切り出した。

「はい。何者かに匕首を心ノ臓に突き刺されて……」

「喧嘩相手の火消しの仕業か」

「いえ、まだわかりません。が、本井家の各自火消しの仕業とは思えません。火

傷を負って臥《ふ》せっている吾平に対してそのような真似をする必要がありません」

「そうだな。しかし、『と』組の連中はだいじょうぶか」

「頭の大五郎には釘を刺してきましたが……」

大五郎のいきり立った顔が蘇る。

「それにしても、このような微妙なときに纏持ちが殺されるとはな」

「宇野さま。先日の長谷川さまの話ですが」

「仲立ちの件だな」

「はい。私は両者の揉め事を公平に考えて騒ぎを鎮《しず》めるつもりでしたが、長谷川さまのお考えはちと違うのではないかと心配になったのですが」

「どういうことだ？」

「はい。長谷川さまの頼みは、お奉行が能登守さまから頼まれたということでした。つまり、『と』組の大五郎を説き伏せようというお考えだったのではないかと思いました」

「そうか」

清左衛門は渋い顔をし、

「どちらかの肩を持つなどもっての外《ほか》。青柳どのの考えたとおりやられよ。長谷川どのが何か言ってきたら、わしが話す」

「ありがとうございます」

再び、大五郎の顔が過《よぎ》った。まさかと思いながらも胸騒ぎがしてきた。

「宇野さま。『と』組のことがどうも気になります。もう一度、行ってきます」

「わかった」

清左衛門も祈るように言った。

剣一郎は奉行所を出て、浅草黒船町に急いだ。

浅草御門を抜け、蔵前《くらまえ》に差しかかると、太助が駆けてくるのに出会った。

「青柳さま」

太助は血相を変えている。

「どうした?」

「『と』組が喧嘩支度しています」

「なんだと」

なぜ、太助が『と』組のことに関心を寄せたのか、その理由を訊ねるより
『と』組のほうが問題だった。

剣一郎は『と』組の頭大五郎の家に駆けつけた。

紺の腹巻をし、鳶口を持った鳶の者たちが土間に勢揃いをして気勢を上げ、殺気だっていた。

「待て、落ち着くのだ」

剣一郎は戸口に立って声を張り上げた。

いっせいに皆の視線が剣一郎に集まった。

「そんな格好でどこに行くつもりか」

「青柳さま。どうか、お目をおつぶりください」

大五郎が尻端折《しりつぱしょ》りをして半纏《はんてん》を羽織《はお》って出てきた。

「本井家に殴り込みか」

「本井家の各自火消しです」

「落ち着け」

剣一郎は叫ぶ。

「青柳さまのお言葉でも、こればかりは聞き入れられねえ」

火事で出動するときには纏持ちに次ぐ立場の梯子持ちの男が口を入れた。

「そうだ。吾平兄貴を殺されたのに、このまま泣き寝入りをしたら、江戸っ子の名折れだ。青柳さま。どうかわかってください」

　別の鳶が声を発した。

「よし。いくぜ」

　大五郎が叫ぶと、鳶の者たちがおうと応じた。

「待て。行かせぬ」

　剣一郎は両手を広げた。

「青柳さま。行かせてください」

　大五郎が鋭い顔で言う。

「これには、町火消しとしての面目《めんぼく》がかかっているんです。理屈じゃありません。『と』組の心意気をしめさなきゃ、俺たちは町の衆の信頼を失うことになります。後始末はあっしがします。奉行所に出向き、どんなお裁きもお受けいたしましょう」

「何が江戸っ子だ。何が町火消しの面目だ。いくら、もっともらしい威勢のいい言葉を並べても、間違っていたら何にもならぬ」

　剣一郎は一喝《いっかつ》する。

「間違いじゃありません。吾平にあんな真似をするのは本井家の火消ししかいません」

大五郎は一歩も引かずに言う。

「青柳さま。失礼します。出立だ」

「だめだ」

「なら、力ずくでも行きます。それ」

おうと、喊声《かんせい》があがって先頭の者から戸口に突進した。

「動くな」

剣一郎は刀を抜いた。

「よいか。外に出ようとする者は斬る。それでも行くなら、この青痣与力を倒して行け」

剣一郎は剣を八相《はっそう》に構えた。

鳶の者たちは身動きを封じられ、息を呑んだ。

「青柳さまは、向こうの肩を持つんですかえ」

梯子持ちの男が口惜しそうにきいた。

「違う。吾平を殺したのが本井家の火消しの仕業だという明確な証《あかし》はない。もし、違っていたらどうなると思うのだ」

剣一郎は八相に構えたまま大声を張り上げる。

「両者の憎しみや猜疑心《さいぎしん》は取り返しがつかないところまでいってしまう。お互いに死傷者が出ることになろう」

「…………」

大五郎が何かを言いかけたが、すぐ口を閉じた。

「大五郎。吾平を恨んでいる者がいないと、そなたは自信を持って言えるのか。他の者はどうだ？　吾平を殺す者は本井家の火消ししかいないのか」

剣一郎は一同を睨《ね》めつけ、

「本井家の火消しの立場になって考えてみよ。火傷を負って寝込んでいる吾平をなぜ殺さねばならぬのだ」

「……みな、引け」

いきなり、大五郎が配下の者に命じた。

「青柳さま。恐れ入りました。吾平が殺されたことでつい頭に血が上ってしまい、冷静さを失っていました」

「わかってくれたか」

剣一郎は構えを解き、刀を鞘《さや》に納めた。

「青柳さまのお言葉、いちいち身に沁《し》みました」

「よし。まだ、気持ちが治まらぬ者もいよう。そなたが、責任を持って気を鎮めよ。わしはこれから本井家に行ってくる」

剣一郎は本井家に急いだ。

新堀川を越え、阿部川町から下谷七軒町を経て、本井家の上屋敷にやってきた。

門の前に、やはり鳶の連中が鳶口を持って待ち構えていた。そして、応援の武士もたすき掛けで袴《はかま》の股立《ももだち》をとって応戦態勢をとっていた。

「お聞きくだされ。『と』組が殴り込んでくるというのは間違いです。やってきません」

剣一郎は丸山惣太郎を見つけ、

「丸山どの。警戒を解いてくだされ」

と、訴えた。

「纏持ちの吾平が死んだのを我らの仕業だと思い込んでいるそうではないか。血の気《け》の多い連中だ。いつ、殴り込んでくるやもしれぬ」

「その点は心配いりません。話せばわかる者たちです」

「信用出来ぬ」

「いたずらに相手を刺激して、大きな喧嘩に発展したらどうなさるおつもりですか。死者が出たら、それこそ大事《おおごと》になりましょう。『と』組には、私が無茶させません。どうか、お考え直しを」

惣太郎は一拍の間を置き、

「よし。そこまで言うのなら、そなたのことを信じよう」

と、答えた。

「かたじけない」

剣一郎は頭を下げた。

「頭。聞いたとおりだ」

「へい、わかりやした」

四十年配の頭らしい男が応じ、

「みんな、部屋に戻れ」

と、声をかけた。

「丸山どの。どうか、火消しの連中を抑えてくだされ。今は一触即発《いつしょくそくはつ》の状態です。もし、鳶同士で衝突《しょうとつ》があれば、今度こそいっきに爆発してしまいます。それに、いつまでもいがみ合っていては、また火事が起こったときに大喧嘩になりましょう」

「向こう次第だ」

惣太郎も門に消えた。

剣一郎は引き返し、再び『と』組の家にやって来た。

鳶の者たちは武装を解き、吾平の遺体の前に集まっていた。今夜が通夜で、明日が葬儀。改めて、『と』組は悲しみの色に包まれていた。

剣一郎は線香を上げたあと、頭の大五郎と差し向かいになった。

「青柳さま。どうぞ、早いとこ、下手人を挙げてくださいな。でないと、本井家の火消しへの疑いがまた高まってしまいます」

「わかった。必ず、下手人を挙げる。それまで、そなたの責任で抑えてもらいたい。特に盛り場に遊びに行く者には十分に注意をするのだ。本井家の鳶の者に会っても決して喧嘩をするなと言い聞かせよ」

「へい。そうします」

大五郎は厳しい顔で応じた。

「また、寄せてもらう」

剣一郎は大五郎の家を辞去した。


蔵前方面に歩きだしたとき、いつの間にか隣に太助が並んでいた。

「そなた、まるで猫のようだ」

「すみません。猫捜しで、猫に気づかれないように気配を消して近付くことを繰り返していたら、いつの間にかあっしが猫みたいになってました」

太助は苦笑しながら言う。

「そうか。それは得難《えがた》い特技だ。だが、くれぐれも間違ったほうに使うではないぞ」

「まさか、盗っ人ってことですか」

太助は苦笑し、

「確かに猫を追って、ときには高い塀を乗り越えたり、屋根の上を歩いたりしますが、他人《ひと》のものを盗《と》ろうなんてこれっぽっちも思いません」

「うむ。それでいい」

剣一郎は安堵《あんど》して、

「ところで、太助。どうして、『と』組の騒ぎを知ったのだ？」

と、気になっていたことを改めてきいた。

「それなんです。じつは、そのことで青柳さまを捜していたんです」

「ほう。そうか。よし、どこかで話を聞こう」

三味線堀《しゃみせんぼり》から大川に流れる忍川《おしかわ》にかかる鳥越橋《とりごえばし》を渡り、少し行ったところにそば屋があった。

「太助。そばを食うか」

「へえ。ありがてえ」

「うむ？」

「さっきから腹の虫が鳴いて……」

「よし」

剣一郎はそば屋に入った。

昼下がりだが、小上がりは数人の客がいて、ゆったりとした様子で銚子《ちょうし》を傾けていた。太助がごくりと喉を鳴らした。

ひとのいない隅に上がり、剣一郎は他の客に青痣与力と気づかれぬように背中を向けて座った。

小女《こおんな》に酒を頼む。

「酒は好きか」

「へい。まあ、どっちかといえば」

酒が運ばれてくると、太助は舌なめずりをした。

「聞こうか」

太助が何杯か猪口《ちょこ》を空けるのを待って、剣一郎は促した。

「へい」

太助は猪口を置き、

「じつは京三のことが気になり、今日の朝、『久野屋』を出たところを追ったんです。そしたらまっすぐ『と』組の家まで行きました」

「『と』組まで?」

「ええ。あの歩き方は最初から『と』組を目指していたとしか思えません」

「それで?」

「町方が出入りをして、『と』組はなんだか騒然としていました。それで、京三は戸口にいた人間になにやら声をかけていました」

「何があったのかときいたのだろうな」

「そうだと思います。それから、田原町に行き、足袋問屋の『上総屋』の前でしばらく店を眺めて立っていました」

「ただ、佇《たたず》んでいたのか」

「そうです。それから、新堀川沿いを通って『久野屋』に帰りました」

「そうか」

銚子を摑むと空だった。

「もう一本呑むか」

「へえ」

太助は遠慮がちに頷く。

小女が新しい酒を運んで去ったあと、

「青柳さま。神田明神裏の殺しと『と』組の殺し。どっちにも、京三が絡んでいるように思えませんか」

「しかし、神田明神裏の殺しでは、そなたが見た男と京三が着ていた着物の色が違ったではないか。また、『と』組の殺しは、通りがかったら騒然としていたので、何があったのかときいただけかもしれない」

「いえ、あっしが見た男は京三です。歩き方や帯の結び目の位置は同じでした。

着物の色が違うのは何かからくりがあるんです」

「からくり？」

「『真澄家』の敵娼のおしんって女です。あの女、何か隠しています」

「そなた、おしんに会ったのか」

剣一郎は驚いてきく。

「へえ。千蔵親分から名をきいたあと、『真澄家』に行ってみました。だんだんきいていくうちに怪しまれてしまいましたが」

「呆《あき》れた」

剣一郎は苦笑した。

「そんなこと調べても一銭の得にもなるまい」

「へえ。ただ、青柳さまのお役に立てればと」

「場合によっては、危険に晒《さら》されるかもしれぬ」

「だいじょうぶです。逃げ足は速いほうなんで」

太助は真顔になって、

「おしんがぽろりと漏《も》らしたんですが、京三のかみさんもおしんという名だったそうです。まあ、殺しには関わりないことですが」

「ずいぶん、おしんに食い込んできいてきたな」

「でも、肝心なことは何も教えてくれませんでした」

「そなた、おしんに自分の名を告げたのか」

「いえ、出鱈目《でたらめ》を言いました」

「そうか、それはよかった。おしんはそなたのことを京三に話すに違いない」

「………」

太助は顔色を変えた。

「心配するな。何かあったら、わしのところに来い。わしが守ってやる」

「ほんとうですかえ」

太助は表情を輝かせた。

「だが、太助。わしも、京三は何かあると睨んでいる。あの男はただ者ではない。いくつもの修羅場を潜り抜けてきた凄味がある」

剣一郎は京三が大きな存在になってきたことを感じ取っていた。それにしても、頼もしい若者だと、剣一郎は太助に感心していた。

三

陽が落ちて、ようやく涼しくなった。京三は五条天神の裏手にある『真澄家』に向かった。

助けてもらった恩義は感じているが、だんだんおしんが重荷になってきた。このまま顔を出さないと、岡っ引きに「じつは着物の袖に血がついていたので、別の着物をあげた」と告げ口するかもしれない。

そんな女ではないと思うが、どんな拍子でぽろりと口にするかしれない。『真澄家』に近付くに従い気が重くなる。もっとも、こうやって顔を出していれば、おしんが裏切る心配はない。

おしんが素早く京三を見つけ、土間から数歩出て京三を待った。

「いらっしゃい」

おしんは他の女に見せびらかすように京三の手をとり、梯子段に導いた。この女たちの見栄の張り合いも迷惑だった。

まさか、京三のことを話してはいないだろうが、朋輩《ほうばい》の妬《ねた》みによって岡っ引きに秘密が漏れないとも限らない。

二階の狭い部屋に落ち着く。すぐ酒が運ばれてきて、ふたりで呑みはじめる。

「下にいた女たち、おめえを睨んでいたぜ」

「いいの。いつも、あたしを蔑《さげす》んでいるんだもの」

「仲がよくねえのか」

「お互い、客の取り合いだからね。上辺は仲よさそうにしているけど、あのふたりもお互い競い合っているのさ」

おしんは銚子をつまんで酌をする。

「おめえと親しい女はいるのか」

「そんなもの、いないわよ」

「それじゃ、寂しくないか」

「以前はいたのさ。すごくよくしてくれる妓《おんな》でね。あたしも心を許してたけど、知らないうちにあたしの客を横取りしていたの。あることないこと言って、あたしを貶《おとし》めていたわ。仲良しの振りをしながら陰では足を引っ張る。ここはそんなとこよ。さっきだって」

おしんが顔をしかめ、

「あの場にあたしがいなかったら、あたしの悪口を言って京三さんを自分の客にしていたわ」

「そんなことをしちゃいけねえという決まりがあるんじゃねえのか」

「そんな決まりがあったって関係ないわ」

「そうか。じゃあ、なんでも話せる友達はいねえのか」

「そうよ。でも、お互い傷口を舐めあうような相手がいたって何にもならないわ」

「そういうもんか」

返り血の話は誰にもしていないようだと、京三は内心ではほっとした。

「そういえば、何日か前、京三さんのことをいろいろきいてきた客がいたわ」

「俺のことを？」

「ええ、あたしを目当てに来たから、もしかしたらこの前の千蔵という岡っ引きの手下かもしれないと思ったけど」

「手下か……」

京三はあとをつけられているような気がしたことを思いだした。

千蔵はまだ疑っていたのか。その後、千蔵は一度来ただけだ。その後は現われない。疑っているなら、しつこく食い下がってくるはずだ。

そこまでの証がないから、手下に調べさせているのだろうか。

「どんな奴だった？」

「二十四、五の若い男よ。猫を飼ってるのか、着物に毛がたくさんついてたわ」

「何、猫だと……」

京三はあのときの猫の鳴き声を思い出した。

「どんなことを知りたがっていた？」

「あたしが驚いたのは、京三さんの着物のこと」

「着物？」

「はじめて京三さんがここに来たとき、紺と白の唐桟縞の着物を着ていたんじゃないのかって」

「なんだと」

京三ははっとした。なぜ、そんなことを知っているのだ。

「その着物は捨てたんだろ」

「ええ、ちゃんと捨てたわ」

「じゃあ、何と答えたのだ？」

「藍色に濃い赤の縞の着物よって。そしたら、着替えたんじゃないかって」

「…………」

「違うと言ったら、首を傾げていたけど」

「それから、どんなことをきいていた？」

京三は鋭い目でおしんを見つめる。

「それだけよ」

「ほんとうだな」

「ほんとうよ。あっ」

おしんは何かを思いだしたように声を上げた。

「なんだ？」

「たいしたことじゃないわ」

「どんな些細《ささい》なことでもいい。話してくれ」

「ええ」

言いよどむおしんにいらだったが、顔に出さないように努めた。

「なんだね」

「京三さんのおかみさんがあたしと同じ名前だったそうよって」

「…………」

京三は唖然《あぜん》とした。そんなことを話したのかと、腹立たしくなった。おしんとのことは十五年前で終わっているが、十五年前を調べられたら俺の素性が暴かれてしまうかもしれない。

「どうしたのさ、そんな怖い顔して」

おしんが驚いてきく。

「いけなかったの？」

「いや、そうじゃねえ。ちと昔を思いだしたんだ」

「おかみさんのこと？」

「うむ。流行《はや》り病で呆気なく死んだんだ」

「まあ、そうだったの」

「そろそろ」

そう言い、京三はおしんの手を摑んだ。

「今、支度をするわ」

おしんは酒を片づけ、ふとんを敷きはじめた。おしんに冷たい目を向けながら、この女はやはり危険だと、京三は思った。

五条天神裏から元鳥越町の『久野屋』に帰って来た。

おしんのことが重くのしかかっていた。あの女は俺の首根っこを摑んだ気でいるのかもしれない。それだけならいいが、他人によけいなことをぽろりと漏らしてしまう軽薄さが怖い。

小商《こあきな》いの店が並ぶ通りに人影はない。『久野屋』の前にやって来たとき、ふいに目の前に現われた男がいた。

「おめえは……」

「待っていたぜ」

月影に和助のにやついた顔が映し出された。

「もう二度と、俺の前に顔を出すなと言ったはずだ。顔を出したらただじゃおかねえと忠告したのを忘れたのか」

「俺じゃねえ。兄貴が挨拶したいって言っているんだ。ちょっと顔を貸してもらおうじゃねえか」

「兄貴だと？」

「そうよ。俺がいたぶられたと言ったら、お礼がしたいって言うんだ」

「兄貴分に泣きついたのか」

「ふん。どうするんだ、来るのか来ねえのか。来ねえなら、兄貴にここまで来てもらうだけだ」

「そうか。おめえの兄貴って男の顔を見てみようじゃねえか」

「じゃあ、ついて来い」

和助は先に立った。

京三はついて行く。ときおり、振り返るのはちゃんとついてきているか確かめているのだろう。

「心配するな。ちゃんとついて行く」

京三は声をかける。

和助は鳥越神社の脇にまわった。神社境内の塀沿いに木立が並んでいた。

木立に月影が遮《さえぎ》られ、辺りは暗い。

ふいに立ち止まり、和助が指笛を鳴らした。

木の陰から尻端折りした三人の男がさっと現われた。ひとりは棍棒を持ち、あとのふたりは匕首を握《にぎ》っていた。

「和助の助っ人か」

京三は蔑むように言う。

「やっつけてくれ」

和助が後退った。

いきなり棍棒の男が迫ってきた。

「いくぜ」

京三の頭を目掛けて棍棒を振りおろしてきた。身を翻《ひるがえ》し、棍棒を避ける。続けざま、今度は横に払ってきた。後退って軽く避ける。

「どうした、当たらねえな」

京三は揶揄《やゆ》して言う。

「ちくしょう」

相手は棍棒を振りまわしながら突進してきた。京三は思い切って踏み込み、振りおろされた棍棒をかいくぐり、相手の胸元に飛び込む。

相手は驚愕《きょうがく》したように目を剝いた。京三は男の襟を摑み、足払いをかけた。

男は横転した。その脇腹を蹴り上げる。男は悲鳴を上げた。

「野郎」

匕首の男が突進してきた。京三は飛び退《の》き、すかさず相手の脾腹に蹴りを入れる。うぐっと奇妙な声を上げ、男はのたうちまわった。

もうひとりの男が逆手に匕首を握って迫ってきた。

「おめえも怪我したいのか」

京三は素手で迎え撃つように身構えた。男の足が止まった。身動き出来なくなったように立ちすくんだ。

「どうした？　おそろしくなったのか」

京三は冷笑を浮かべ、

「かかってこないならこっちからいくぜ」

と、足を踏み込む。

あわてて、男は後ろに下がった。

「逃げるのか」

京三は口許を歪《ゆが》め、

「和助。出て来い」

と、大声を張り上げた。

木の陰から懐手の男が出てきた。暗くて顔は見えないが、和助ではなかった。

「おめえが兄貴って男か」

京三は蔑むようにきく。

「よくも仲間を痛めつけてくれたな。今度は俺が相手だ」

懐から出した手に、匕首が握られていた。

その手を口に近づけ、ぺっと唾《つば》を吐いた。匕首を構えた姿勢にも余裕があり、自信のほどを窺わせた。

「どうやら、他の連中とは違うようだな」

京三は身構え、

「どうせだ。名前を教えてもらおうか」

と、きく。

「俺か。俺は伊勢蔵《いせぞう》だ」

「伊勢蔵……。暗闇の伊勢蔵か」

「なんだと。てめえは誰だ？」

「京三とは世を偽《いつわ》る名だ」

伊勢蔵が構えを解いて近付いた。風が吹いて葉が揺れ、一瞬一条の月影が京三の顔を照らした。

「あっ、あんたは……」

伊勢蔵が後退った。

「兄貴、どうしたんだ？」

和助が不審そうに声をかけた。

「ばかやろう」

伊勢蔵が和助に怒鳴った。

「俺たちが束になってかかっても敵《かな》う相手じゃねえ」

「誰なんだ？」

和助が声を震わせた。

「ひと斬り政《まさ》だ」

「おいおい、伊勢蔵。今の名は京三だ」

「へえ」

伊勢蔵は匕首を鞘に仕舞い、

「こんなところで、政……いや京三さんに会うとは思いませんでしたぜ」

と、驚いたように言う。

「それはこっちの台詞《せりふ》だ。なぜ、江戸にいるんだ？」

「へえ、じつは……」

伊勢蔵は言いよどみ、

「ここじゃ、話は出来ねえ。明日、改めて京三さんのところに行く。それでいいかえ」

「いや、それは拙《まず》いな。和助の親のところだ。俺のほうから出向く。どこにいるんだ？」

「入谷にある大名屋敷の中間《ちゆうげん》部屋だ。そうだな。明日の昼下がり、屋敷の前に誰かが出て待っている」

「わかった。じゃあ、明日また会おう」

京三は応じた。

伊勢蔵は傍らでぽかんとしている和助に、

「和助。当てが外れてがっかりしたようだが、今聞いたとおりだ。失礼のあったことを、京三さんに詫びるのだ」

と、諭《さと》すように言う。

「へい」

和助は小さくなって、

「知らぬこととは申せ、とんだご無礼を働いてしまいました。このとおりでございます。お許しを」

と、頭を下げた。

「いいってことよ。だが、おめえもこの伊勢蔵とつるんでいるようじゃ、もう勘当は解けねえな」

京三は蔑んで言う。

「これがあっしの定《さだ》めでさあ」

「わかったような口をきいて、あとで悔《く》やむことになっても誰も助けちゃくれねえぜ」

京三は冷笑を浮かべ、

「伊勢蔵。じゃあ、明日、会いに行くぜ」

と声をかけ、引き上げた。

三人の男は萎縮《いしゅく》したように少し離れたところでじっとしていた。木立を出ると、月影が京三の全身を包み込んだ。

四

翌日の昼、吾平の棺《ひつぎ》は鳶の者に担がれ、橋場《はしば》にある寺に向かった。火消しの纏持ちらしく、葬列の一行は半纏を着た鳶の者が勢揃いをし、僧侶に従って出発した。

剣一郎はその葬列を見送る者たちの中に、京三を見つけようとした。だが、京三の姿はなかった。

「どこにもいないようですね」

太助が言う。

「おや。あれは……」

剣一郎は葬列を見送った中に、筋骨のたくましい大柄な男がいるのを見つけた。

「与五郎か」

口入れ屋『宝生屋』の主人だ。先日、番頭の久次郎が殺されたばかりだ。

「そうです。『宝生屋』の主人です」

太助も答える。

葬列の一行が駒形のほうに向かったあと、与五郎は反対方向に歩きだした。

剣一郎はあとを追った。

御蔵前に近い正覚寺《しょうかくじ》の前で、剣一郎は声をかけた。

「与五郎」

「これは、青柳さま」

振り返って、与五郎は頭を下げる。

「そなた、吾平を知っているのか」

「へえ、最近はめったに会うことはありませんが、昔はよくつるんで遊んだ仲でした」

「そうか。で、久次郎とはどうなんだ?」

「久次郎ですかえ」

「久次郎と吾平だ。ふたりの仲は?」

「へえ。同じ仲間でした」

「同じ仲間か。では、そなたたち三人は昔は親しくしていたのだな」

「そうです。それが何か」

「同じ下手人かもしれぬ」

「なんですって。吾平の死は本井家の各自火消しの仕業だと、『と』組の連中が囁《ささや》いていましたが……」

「違う」

剣一郎は言い切った。

「火傷を負った男を殺しても、相手には何の得もない。久次郎の件も、商売敵《がたき》の『神野屋』ではないかと調べているが、怪しいところはないようだ」

堀井伊之助も最近になって『神野屋』は関わりないかもしれないと言うようになった。

「京三という男を知っているか」

「京三?」

「三十半ば過ぎだ」

「知りません」

「昔、何かあったのではないか」

「いえ。でも、なぜ、そのように?」

「久次郎はなぶり殺しだ。かなり、恨みを買っているように思えた。吾平も同じだ。火傷で臥《ふ》せっているのに、恐怖を味わわせるように殺している」

「…………」

与五郎の表情が翳《かげ》った。

「何か思い当たることはあるか」

「いえ」

「そうか。ところで、田原町の『上総屋』を知っているか」

「『上総屋』？」

眉根が微かに動いた。

「知っているのか」

「先代の旦那に、ちょっとお世話になったことがございます」

「何年前だ？」

「十五年ほど前でしょうか。『上総屋』がどうかしましたので？」

「京三という男が『上総屋』を気にしていたらしい」

「…………」

再び、与五郎の表情が曇《くも》った。

「やはり何か心当たりがあるのではないか」

「いえ、なにも」

「そうか。すまなかったな、呼び止めて」

「いえ」

与五郎は会釈をして引き上げて行った。

「何だか、歯切れが悪かったようですが」

太助が口にした。

「念のためだ。『上総屋』に行ってみる」

「あっしもついて行っていいですかえ」

「構わぬが、商売のほうはいいのか」

「捜していた飼い猫を見つけた礼金をたんともらいました。その銭がまだ残っていますから……」

「そうか。では、ついて来い。わしの供ということにしよう」

「へえ、ありがとうございます」

剣一郎は引き返し、田原町に向かった。

足の形をした大きな看板が屋根に掲げられている『上総屋』の前にやって来

た。

「この前、あの辺りで京三が立って『上総屋』をじっと見てました」

太助は斜交《はすか》いにある炭問屋の脇を指さした。

「よし。では、参ろう」

剣一郎が店に向かいかけると、

「青柳さま」

と、太助が足を止めた。

「どうした？」

「へえ、なんだか怖くなりました」

「怖い？」

「だって、あっしは大胆にも青柳さまのお供を名乗るんですぜ」

「わしが認めているのだ。構わぬ」

「ほんとうにいいんですね」

「そうだ。さあ」

「いや、やっぱり行けねえ。青柳さま、あっしはやっぱり京三の動きを見てきます。また、あとでお伺いします」

「面白い男だ」

剣一郎は苦笑して太助を見送り、『上総屋』に向かった。

剣一郎は客間に通された。案内した女中が去って、入れ代わるように、四十半ばの鬢《びん》に白いものが混じった男が入って来た。恰幅《かっぷく》がいい。

「『上総屋』の沢太郎です」

沢太郎は挨拶をする。

「南町の青柳剣一郎だ。少し、訊ねたいことがあって来た」

剣一郎は切り出す。

「はい。なんでしょうか」

「口入れ屋『宝生屋』の主人与五郎を知っているか」

「はい。若いころ、うちに出入りをしていました」

「与五郎は何をしていたんだ？」

「畳職人でした」

「畳職人？」

「はい。畳替えのときに来てもらっていたんですが、ある事情で、親方から破門されてしまいました」

「何をしたのだ」

「手慰みでございます」

「博打か」

「はい。かなり負けて借金まみれになったと、先代から聞きました」

「しかし、今では『宝生屋』の主人だ。よく立ち直ったものだ」

「そうでございますね」

「畳職の親方はだれだ？」

「稲荷町《いなりちょう》の十兵衛《じゅうべえ》親方です」

「十兵衛か。ところで、『宝生屋』の番頭で久次郎という男がいるが知っているか」

「いえ。存じあげません」

「では、『と』組の吾平は？」

「鳶の吾平さんはよく知っています」

「いや。若いころの吾平だ」

「若いころは知りません」

「十五年前だ」

沢太郎は微かに眉を寄せた。

「十五年……」

「心当たりがあるのか」

「いえ。十五年前はまだ私が番頭でしたので……」

「番頭？」

「はい。先代に目をかけられて、養子に入りました。ですから、先代が若いころの吾平さんを知っていたかどうかわかりません」

「京三という男を知っているか」

「京三ですか。いえ、知りません」

沢太郎は即座に答えた。もっとも、京三が実の名かどうかはわからないのだ。

「そうか。では、そなたが知っているのは与五郎だけか」

「はい。そうでございます」

沢太郎は不安そうにきいた。

「『と』組の吾平さんは殺されたそうではありませんか」

「そうだ。きょう、弔《とむら》いだ」

沢太郎は息を呑んだ。

「さっき話した久次郎も殺された」

「なんと」

一拍の間をおいて、沢太郎はきいた。

「下手人は？」

「まだ、わからぬ。ただ、かなり恨みをもっている者の仕業と思える」

「恨みですか」

沢太郎は首を傾げ、

「でも、なぜ、その件で、私のところに？」

「与五郎の話では、十五年前まで久次郎と吾平とはつるんでいたらしい。与五郎が手慰みをしていたということなら、三人は博打仲間であろうか。そのころ、与五郎が『上総屋』に出入りをしていたというので、念のために話を聞きに来たというわけだ」

「そうでございましたか。先代が生きていたら詳しいことがわかったと思いますが」

「………」

「先代はいつ亡くなったのだ?」

「もう、七年前です」

「いや、だいぶ参考になった」

剣一郎は礼をいい、立ち上がった。

廊下に出ると、十歳ぐらいの男の子が女中に何かを言っていた。女中が困った顔をしていた。

「お子か」

「はい。また、何かわがままを言っているようです」

「ひとりか」

「上に十五歳の男の子がおります」

「そうか。いい子持ちだ。その子は?」

「別の店に奉公に行っています」

「丁稚か」

「はい。下谷広小路の同業者のところに」

「そうか。邪魔をした」

剣一郎は外に出た。

東本願寺の前を通り、新堀川を越えて稲荷町にやって来た。

畳職人の十兵衛の家はすぐわかった。

土間や板の間で、職人が畳を編んでいた。畳針を刺し、肘《ひじ》で押さえて糸をぐっとしめている。

職人の一人が剣一郎に気づき、近付いてきた。

「青柳さまでござんすね」

「親方の十兵衛に会いたい」

「へい。すぐ、呼んで参ります。どうぞ、こちらでお待ちください」

剣一郎を仕事場の隅に案内して、職人は奥に行った。待つほどのことなく、五十年配の男が出てきた。

「十兵衛ですが」

板の間に腰を下ろした。

「昔ここにいた与五郎のことで教えてもらいたいことがあってな」

「与五郎ですか」

十兵衛は目を細め、

「今じゃ、奴も口入れ屋の主人だ」

と、呟いた。

「ここにいつまでいたのか」

「十四、五年前までですよ」

「なぜ、やめたのだ？」

「手慰みです。大負けして、命を狙《ねら》われるぐらいになってました」

十兵衛は十五年も前のことだからか、淡々《たんたん》として言う。

「その負け金はどうしたのだ？」

「謝って許してもらったと言ってましたが、博徒の連中がそう簡単に許すとは思えないですがねえ」

「確かにそうだ。すると、金をどこかから工面したか、金を払う代わりに何かをさせられたかというようなところだな」

「そうでしょうね」

「当時、与五郎と親しかった久次郎と吾平という男を知っているか」

「会ったことはありませんが、確かにそんな名の男とつるんでました」

「京三という男を知らないか」

「京三ですかえ。いえ」

十兵衛は首を横に振った。

「『上総屋』に出入りをしていたそうだな」

「ええ。今もお世話になっています」

「今の主人は婿《むこ》だそうだな」

「ええ。あそこも複雑でしてね」

「複雑？」

「ええ。おい、煙草盆をくれ」

十兵衛は後ろを見て、弟子に声をかけた。

「へい」

と、弟子が煙草盆を持ってきた。

「すみません。吸わせていただきます」

十兵衛は刻みを煙管に詰めながら、

「『上総屋』には娘がひとりいました。先代は番頭の沢太郎さんを娘の婿にして『上総屋』を継がすつもりだったんです。ところが、そのひとり娘が手代と出来てしまって」

と言い、煙草盆を手に持って火を点《つ》けた。

煙を吐いてから、

「ふたりは以前から恋仲だったそうなんです。沢太郎さんとの話が決まったあと、娘と手代は『上総屋』を飛びだしたんです」

「それはたいへんな事態だな」

「ええ。それで、先代は娘は勘当だと怒り、親戚の娘を養女にし、沢太郎さんといっしょにさせて、『上総屋』を継がせたんです」

「先代は、よほど沢太郎を買っていたようだな」

「『上総屋』が大きくなったのも番頭の沢太郎さんの力なんです。足袋だけでなく、股引や腹掛けなどの仕事着も扱うようになって伸びていったんですが、それも沢太郎さんの考えだったようです」

「なるほど。で、出て行った娘と手代はどうなったんだ?」

「噂では半年後に手代は亡くなり、娘は『上総屋』の親戚に引き取られたあと、亡くなったということです」

「どうして、手代が亡くなったのがわかったのだ?」

「娘が『上総屋』にひとりで帰ってきたそうです。でも、娘の居場所はなく、親戚に引き取られたんです」

「そうか。で、手代の名は？」

「さあ、なんだったか。すみません。覚えちゃいません」

十兵衛は済まなそうに言い、

「娘は覚えています。おしんです」

「おしんだと？」

太助が『真澄家』のおしんという女から聞いた話を思いだした。京三のかみさんと同じ名だったという。

「手代が亡くなったのはほんとうなのか」

「そう聞いています」

「誰からだ？」

「先代からです」

「手代がほんとうに死んだのを確かめた者はいたのか」

「そういえば、先代や婿になった沢太郎さん以外からは、手代が死んだことは聞いていません」

「その手代の顔を覚えているか」

「少し小肥りで、色白のおとなしい感じでした」

「間違いないか」

「ええ、そんな記憶があります」

京三とは似ても似つかない。京三は細面で、色も浅黒い。いくら十五年の歳月があろうが、それほど変わるだろうか。

「青柳さま、その手代が何か」

「いや、なんでもない。いろいろ参考になった。礼を言う」

「へえ」

剣一郎は十兵衛の家を出た。

おしんという名が同じことだけで、京三が『上総屋』の元手代だというのは考えすぎかもしれない。そうだったとしても、久次郎や吾平との関わりはない。

だが、それならなぜ、京三は『上総屋』を見ていたのか。

そんなことを考えながら駒形町にやってきたとき、太助がとぼとぼ歩いて来るのに出会った。

「どうした、元気がないな」

「青柳さま。京三の尾行に失敗しました」

「そういうこともあろう。気にするな」

「へえ。なんだか、ずいぶん用心深く、角を何度も曲がったり、急に引き返したりして……」

「『真澄家』のおしんがそなたが聞き込みにきたという話を京三にしたのだろう。それで、京三は警戒をしたのではないか」

「あっ、そうか」

太助は思い当たったように叫んだ。

「ちくしょう。のこのこ、女に会いに行くんじゃなかった。失敗でした。警戒されるような真似をしてしまいました」

太助は口惜しそうに言う。

「いや。失敗でもない。京三のかみさんがおしんという名だとわかっただけでも収穫だった」

「でも、それだけじゃ……」

「京三は『上総屋』の前でじっと立っていたそうだな」

「へえ」

「『上総屋』には十五年前まで、おしんという娘がいたそうだ」

剣一郎が『上総屋』の騒動の顛末《てんまつ》を話した。

太助は真剣な眼差《まなざ》しで聞き終え、

「京三がその手代でしょうか」

「わからぬ。しかし、そうでなかったとしても、京三はその手代と何らかの関わりがあった人間ということも考えられる。ともかく、十五年前のおしんと手代のことを調べてみる必要がある」

「青柳さま、あっしにやらせてください。あっしが十五年前のことを調べてみます」

太助は熱心に言う。

「なぜ、そこまでするのだ?」

「ただ、青柳さまのお力になりたいだけです。青痣与力は子どものころからあっしの憧れでしたから」

「大仰な」

「いえ、ほんとうです。あっしはふた親に早死にされ、十歳のときからシジミ売りをしながらひとりで生きてきました。でも、寂しいのと仕事が辛い上に稼ぎも少なく、こんな暮らしなんかまっぴらだとくじけそうになったとき、あっしに声をかけてくれた若いお侍さんがいました」

「………」

「そのお侍さんは、こう仰いました。おまえの親御はあの世からおまえを見守っている。勇気を持って生きれば、必ず道は拓《ひら》ける。それからは、そのお侍さんの活躍を耳にするたびに、勇気をいただきました」

「あのときの……」

剣一郎は神田川の辺《ほとり》でしょぼんと川を見つめている男の子に声をかけたことを思いだした。

「江戸の町やひとびとの仕合わせを守っている青痣与力の噂を聞くたびに、くじけそうになる心が奮《ふる》い立ちました。青柳さまに励まされたことがあっしの生きる支えになったんです」

太助の熱い思いを受け、剣一郎の脳裏に義弟の高四郎の顔が過った。高四郎もまた剣一郎に心を寄せた人間だった。

「よし。太助。そなたの力を借りよう。だが、これは仕事だ。わしがそなたを雇う。したがって金を払う」

「とんでもない。あっしはただお力になれるだけで。じゃあ、さっそく行ってきます」

何か手立てがあるのか、太助は駆け出して行った。

太助はものになるかもしれない。文七の身の振り方を考えてやらねばならないと考えていたときなので、太助の出現はありがたかった。これを機に、文七のことを真剣に考えようと、剣一郎は改めて思った。

五

京三が入谷の大名屋敷にやって来ると、和助が待っていた。

「こっちです」

屋敷の裏門にまわる。

「伊勢蔵兄貴は京三さんに危ないところを助けてもらったことがあったそうですね。なんでも、賭場のいざこざで……」

「そんなこともあったな」

賭場で暴れ回っていたころだ。いかさまだと言いがかりをつけては喧嘩をしてきた。そんなとき、たまたま、伊勢蔵が大負けをして簀巻《すま》きにされて川に放り込まれそうになったところに出くわし、貸元の子分を痛めつけてやった。

「京三さんはすごいひとなんだと、兄貴から聞きました」

「自慢にはならねえ。それより、どこで伊勢蔵と知り合ったんだ?」

「へえ、倉賀野《くらがの》宿の賭場です」

裏門から屋敷内に入り、中間部屋に行った。

伊勢蔵ときのうの三人が待っていた。

「京三さん、上がってくれ」

伊勢蔵が出迎えて言う。

京三は部屋に上がる。何もない殺風景な部屋だ。

「この界隈の中間に声をかけて、空いてる部屋を貸してもらったんだ。もちろん、ただっていうわけにはいかねえが」

伊勢蔵が説明した。

「ここに五人で住むんじゃ狭いな」

京三は見回して言う。

「それで、実家に行ったたってわけです」

和助が言う。

「なあに、半月からひと月の辛抱だからな」

「伊勢蔵。やっぱり、江戸にはなにかやりに来たんだな」

京三は鋭い目を向けた。

「どうしても金が欲しいんだ」

「博打か」

「面目《めんぼく》ねえ」

「狙いはどこだ？」

「田原町にある『上総屋』っていう足袋問屋だ」

「『上総屋』だと」

京三は目を細めた。

「和助が言うには、かなり繁盛している店らしいな。今の主人になってから身代がいっそう増えたそうじゃねえか。さぞかし、土蔵に千両箱が唸《うな》っていることだろうぜ」

伊勢蔵は不敵に笑った。

「和助。親爺《おやじ》さんが知ったら泣くぜ」

「俺は俺の道を行くだけだ」

和助は自嘲気味に言う。

「そうかえ。その覚悟があるならいい」

思わぬ事態に当惑したが、こっちの狙いとも一致するので、京三は鷹揚に言う。

「俺も『上総屋』の前を通りかかったことがあるが、かなり金はありそうだ。だが、そのぶん、警戒は厳しいぜ」

「そこだ」

伊勢蔵が眉根を寄せた。

「『上総屋』の周りを歩いてみたが、高い塀に忍び返しがついていて、どこからも乗り越えるのが難しい。それで困っている」

「和助は店に出入りしてる職人などに知り合いはいねえのか」

京三は確かめる。

「いねえ」

和助は首を横に振る。

「おめえたちは盗みを終えたあとはどうするんだ。もっと江戸で稼ぐつもりか。それとも上州に帰るのか」

「いや、ぐずぐずしてねえで、すぐ上州に向かう」

伊勢蔵が答える。

「そうか」

「何かうまい手立てはあるか」

「『上総屋』ほどの大店《おおだな》を襲うには六人じゃ無理だ。それに、もっと時間をかけて計画を練《ね》らねばだめだ。下男を抱き込むとか……」

京三ははっきり言う。

「それじゃ困る」

「なら、残された道はひとつだ」

「なんでえ」

伊勢蔵が身を乗り出す。

「火事だ」

「火事？」

「そうだ。火事のどさくさに紛《まぎ》れ、『上総屋』に踏み込むんだ。主人を見つけ、土蔵の鍵《かぎ》を奪う。それしかねえ」

「そんなにうまくいくか」

「近くに火をつけ、半鐘《はんしょう》が鳴ってから、印《しるし》半纏を羽織って火消しに化けて『上総屋』に侵入すればいいだろう」

「そうか。それはいいかもしれねえ。さすが、ひと斬り政、またの名を盗っ人政
「……」

「よさねえか」

「すまねえ。なあ、京三さん、手を貸してくれねえか。妙な具合で出会ったのも何かの縁《えん》だ。そうじゃねえか」

「そうだな」

京三はもったいぶって、

「確かに、縁だ。いいだろう」

「ほんとうか」

「ああ、嘘《うそ》じゃねえ。その代わり」

京三はぐっと身を乗り出し、

「俺の頼みを聞いてくれ」

と、切り出した。

「なんでえ。なんでもやるぜ」

「ひとり、殺ってもらいてえ」

「殺るって、誰をだ？　京三さんが手に負えない相手を俺たちが……」

「女だ」

「女？」

「岡場所の女だ。俺が殺ると目をつけられる。代わりに殺ってもらいてえ」

「女か、いいだろう」

伊勢蔵は無気味な笑みを浮かべ、

「どこの誰だえ？」

と、確かめる。

「五条天神裏にある『真澄家』のおしんっていう女だ」

「『真澄家』のおしんだな。で、いつ殺ればいい」

「早ければ早いほうがいい」

「よし。明日の夜だ」

「そうか。じゃあ、頼んだぜ。これからの連絡は和助に頼む。和助は親に許しを乞《こ》う体《てい》を装《よそお》って『久野屋』にやってくればいい」

「わかった」

和助は緊張した顔で頷く。

「で、誰が殺る？」

「俺が殺る」

昨夜、匕首を振り回していた男だ。

「よし、保吉《やすきち》に任せよう」

伊勢蔵が言う。

保吉はのっぺりした顔で、どこといって特徴のない男だった。この手の顔のほうが印象に残らないだろう。

「いいだろう」

京三も承知し、

「じゃあ、明日だが」

と、手筈《てはず》を整えた。


翌日の夕暮れ、京三は『真澄家』に上がった。

「うれしいわ。来てくれて」

おしんは京三の体に寄り掛かって銚子を傾ける。

「おめえも呑め」

「いただくわ」

「あれから、この前の若い男は来たか」

「いえ、来ないわ。でも、来てもだいじょうぶよ。あたし、何も言いやしないわ。あんたが、何をしてきたのか、あたしには関係ないもの」

この女、遠回しに、俺のやったことを知っていると言いたいのか。

「さあ、呑め」

「ありがとう」

京三が酒を注いでやる。

「奉公に上がった商家の下男と出来て、店をやめさせられたってことだったな」

京三は思いだして言う。

「ええ、所帯をもって、二年後に亭主が殺された。そんな話をしたわねえ」

「子どもはいなかったのか」

「いないわ。いたら、どうなっていたかしら。どうせ、育てていけなかったでしょうね」

「この先、どんな望みがあるんだ?」

「望み?」

「うむ。いずれ年季が明けて」

「そのころはもうお婆《ばあ》さんよ」

「そんなことはない。年季が明けたら俺のところに来るか」

「えっ？」

「いっしょに暮らそう」

「ほんとう？」

「うむ」

おしんは体を離し、じっと京三を見つめた。

「どうした？　そんな悲しそうな顔をして。俺といっしょに暮らすのがいやか」

「ううん。そうじゃないの」

「じゃあ、どうしてそんな顔をするんだ？」

「だって……」

「だってなんだ？」

「だって、きょうの京三さん、やさしいから」

「………」

「なんだかきょうで最後みたい」

京三はどきっとした。

「なに言っているんだ。俺はいつもと変わらない」

おしんの鋭い勘に、京三はあわてた。

知らず知らずのうちに、おしんを哀《あわ》れんでいたようだ。ひとの心を捨てたはずだが、まだそんな気持ちが残っていたのかと、自分でも不思議に思った。

「さあ、そろそろ」

「ええ」

おしんは立ち上がってふとんを敷いた。

今夜はむっちりしたおしんの体がいつもよりいとおしかった。おしんも、まるで何かを感じ取ったかのように、激しい声をあげていた。

「じゃあ、また」

「気をつけて」

おしんに見送られて、京三は『真澄家』を出た。柳の木の陰から保吉が出てきた。おしんはまだ立っている。

途中、保吉と目配せをしてすれ違う。

少し先で振り返ると、保吉がおしんに話しかけていた。ふとため息をつき、京三は足早に去った。

元鳥越町にやってきて、居酒屋に入った。何度か来たことがある。

「もうすぐ看板なんですが」

亭主がすまなそうに言う。

「一杯もらえばいい」

小上がりに半分ぐらいしか客がいないのはもう引き上げたからだろう。

腰を下ろし、酒を呑む。

見送ってくれたおしんの顔が泣いているように思えたのは気のせいか。銚子を空けてから、

「もう一本いいか」

と、亭主に頼んだ。

今度は湯呑みに全部注ぎ、いっきに呑み干した。おしん、おめえも不幸な女だったな。京三は深いため息をつきながらもその一方で、これで心配の種がなくなったと胸をなでおろしていた。

第三章　復讐《ふくしゅう》の鬼

一

岡っ引きの千蔵は、五条天神裏にある『真澄家』に駆けつけた。そろそろ四つ半（午後十一時）になるころだ。

「二階だな」

遣り手婆に確かめ、千蔵は梯子段を上がった。二度来たことがあるので、勝手はわかっていた。

町役人が立ち上がり、

「親分さん」

と、場所を空けた。

おしんはふとんの上で目を剝き、口を半開きにして死んでいた。首に痣があった。

「指の跡だ」

首を絞《し》めて殺したのだ。

部屋の中を見回したが、手掛かりになるようなものはなかった。

千蔵は階下に行き、遣り手婆に話をきいた。

「事情を聞かせてもらおう」

「はい。五つ半（午後九時）ごろ、はじめての客がおしんにつきました。よく、覚えていないのですが、二十七、八の色白ののっぺりした顔の男です」

遣り手婆は興奮して、ときたま喉に声を詰まらせて、

「半刻（一時間）ほどして、男がおりてきて、ちょっと急用を思いだしたんだ、すぐ戻って来ると言い、土間を飛びだしていったんです。なんだか、おかしいと思って、二階に上がり、おしんと声をかけたんです。返事がないので、部屋に入ってみたら……」

「悲鳴は？」

「聞こえませんでした」

「物音は？」

「ええ、なんだか激しい音はしました。でも、ふたりが楽しんでいるのだろうと

思ってました」

　おそらく、首を絞められたおしんは逃れようと足をばたつかせたのだろう。

「その男ははじめての客だそうだが、おしんが目当てだったのか、それとも誰でもよかったのか」

「前のお客さんを見送りに外に出たとき、入れ代わるようにやってきたんです。そのまま、外に出ていたおしんの客に……」

「そうか。で、前の客は誰なんだ？」

「最近、よく来る京三ってひとです」

「なに、京三だと」

　千蔵はこめかみに指を当てた。真剣に考え込むときの癖だ。

　前の客が京三だったのは偶然なのだろうが、なんとなく引っ掛かりを覚えた。

　京三は久次郎殺しでいったんは疑いを向けた男だ。着物の色が違ったことと、『宝生屋』に商売敵の口入れ屋との対立があったことから京三を容疑から外したが、商売敵のほうの疑いはほとんど晴れた。

「京三とその男は顔見知りだったかどうかわからないか」

「さあ」

「京三がはじめてここにやってきた夜のことだが、おしんに変わったことはなかったか」

「変わったこと？」

「ふだんと違うことだ」

「そういえば洗濯してましたね。あんな時間に」

「洗濯？　何を洗っていたのだ？」

「自分の襦袢を汚してしまったと言ってました」

堀井伊之助がやってきた。

「旦那。殺されたのはおしんです」

「おしんっていうと、京三の敵娼だな」

「へえ」

千蔵は遣り手婆から聞いた話をした。

「京三に会ってみる必要があるな」

伊之助は困惑しながら言った。

京三はびっしょり汗をかいていた。

久し振りにあの日の夢を見た。頭を棍棒で殴られ、うずくまったところを蹴られた。逃げようとして起き上がった背中に焼けるような痛み。振り返ったとき、匕首が腹に突き刺さった。

薄れていく意識の底、「おしん」と叫んだところで目を覚ました。

京三は窓辺に立った。空はしらみはじめていた。夜明けのひんやりした風が汗でべとついた体に気持ちがいい。

京三は大きく息を吸い、思い切り吐いた。

夢の中で叫んだおしんは誰のことだったのかと考えた。所帯を持ったおしんではなく、『真澄家』のおしんのことだったかもしれない。

納豆《なつとう》や豆腐を担いだ棒手振りの姿が目に入った。そのとき、京三は素早く障子の陰に身を隠した。

千蔵がやって来るのが見えた。京三はふとんに戻った。

おしんが死んだのだと思った。そのことで、千蔵が訪ねてくることはすでに織り込み済みだった。

目を閉じて待っていると、梯子段を上がってくる足音がした。

「京三さん。起きているかえ」

亭主の声だ。

「へえ、なんでしょう」

障子の向こう側の亭主にきき返す。

「千蔵親分が来ている」

「千蔵親分ですって」

京三はわざと大きな声を出した。

「わかりやした。ここに通してくださいな」

「わかった」

亭主が下がった。

京三が起き上がり、ふとんを畳み終えたとき、障子が開いた。

「邪魔するぜ」

千蔵が顔を覗かせた。

「これは親分。どうぞ」

中に招き入れてから、

「それにしても、こんな朝早くからいってえ何事ですかえ」

と、京三はきいた。

千蔵は片膝を立てて座り、

「『真澄家』のおしんが死んだ」

と、鋭い目を向けて言った。

「死んだ？　おしんがですかえ。まさか、だって丈夫そうな女でしたぜ」

千蔵はじろりと睨み、

「殺されたんだ」

「殺された？　それこそ、信じられません。あんな気のいい女が殺されるなんて」

「殺される理由がないって言うのか」

「へえ」

京三は頷き、

「殺した人間は誰なんですね」

「おめえのあとの客だ」

「あとの客？」

「おめえと入れ代わるようにやって来た客だ。おめえとすれ違ったはずだ。どうだ、心当たりがあろう」

「そういえば、男とすれ違いました。でも、どんな男だったか、覚えちゃいません」

「京三」

「へえ」

「おめえ、おしんに何か弱みを握られていたんじゃねえのか」

「とんでもない。なんで、あっしが？」

「おしんはおめえがはじめて訪れた日の夜中に洗濯していたそうだ。おしんは自分の襦袢を汚したと言っていたが、朋輩は襦袢じゃなく、唐桟縞の単衣のようだったと言っている」

「おしんが洗濯していたなんて知りません」

京三は臆《おく》することなく答える。

「そうか。ところで、おめえ、なんでおしんのところに通っていたんだ？」

「通っちゃいけませんかえ」

「おめえが通うような女には思えなかったがな」

「癒《いや》されるんですよ。あの女といっしょにいると、気持ちが安らぐんです」

「それにしちゃ、あんまり悲しそうではないな」

「とんでもない。親分の前だから虚勢を張っていますが、ほんとうは胸が張り裂《さ》けそうです」

「そうかえ」

疑わしそうに京三を見て、

「じつはな、『宝生屋』の久次郎殺しの下手人の探索が難航しているんだ」

「そうですかえ。あっしは久次郎ってひとは知りませんがね」

京三はさりげなく言う。

いくら疑われようが、俺と久次郎との関係は十五年前だ。今のことを調べたって、つながりなんか出て来ないと、京三は自信を持っていた。

「まあいい。ところで、おめえ、『と』組の吾平って男を知っているか」

「いえ、知りません」

「ほんとうか」

「ええ。どうしてですかえ」

「いや、それならいい」

千蔵は顔をしかめ、

「わかった。もういい」

と、立ち上がった。

部屋を出ようとした千蔵に、

「親分」

と声をかけた。

「なんでえ」

千蔵が振り返る。

「そもそも、あっしがなんで疑《うたぐ》られたんですね。唐桟縞の着物を気にしているようでしたが、どうしてそれが問題に？」

「久次郎殺しの下手人を見ていた者がいるんだ。下手人は紺に白の唐桟縞の単衣を着ていたという」

やはり、見ていた者がいたのか。しかし、そのような気配はまったくなかった。いったい何者なのだ。

「そうですか。では、そのひとに会わせてもらえれば、あっしじゃないことはすぐわかります」

「残念ながら、顔を見てねえ。着物の柄だけだ」

「じゃあ、あっしが目をつけられたのは唐桟縞の着物だからですかえ」

「もうひとつ、歩き方の特徴が下手人とおめえとはそっくりだったそうだ」

「歩き方……」

　やはり、俺を尾行していた男がいたのだ。

「似たような歩き方をする男なんて、たくさんいるんじゃありませんかえ。そんなんで疑られちゃ、敵いませんぜ」

　京三は大仰に顔をしかめ、

「いってえ、それはどこの誰なんですね」

と、教えてくれるはずはないと思いながらきく。

「知ってどうするんだ？」

「下手人かどうか確かめてもらうんです」

「顔を見ちゃいねえと言っただろ。だから、会ったたってわからねえ」

「それなのに、ずっと付け狙われていたんじゃ敵いませんぜ」

「まあ、疚しいところがないなら平然としていればいい」

　冷たく言い、千蔵は梯子段をおりて行った。

　その男を捜さねばならねえ、と京三は目をぎらつかせた。

京三と別れ、『久野屋』を出た。

奴のじわじわと迫ってくる凄味に、千蔵はときたま身がすくむことがあった。隠しているつもりだろうが、あの男はかなりの修羅場を切り抜けてきている。そう思った。

しばらく行ったところで、

「親分」

と、声をかけられた。

「太助じゃねえか」

猫の蚤取りの太助だった。

「親分。どうして京三のところに？」

「おめえこそ、なぜこんなところにいるのだ？」

「京三のあとをつけようと思って見張っていたら、親分がやって来たんです」

「京三が何かをやらかしたと思っているのか」

「へえ、なんとなく」

「なんとなくだと？」

「それより、親分はどうして京三に？　何か新しいことが出て来たんですかえ」

「『真澄家』のおしんが殺されたんだ」

「えっ？　おしんが殺された？」

「そうだ。京三が帰ったあとについた客に首を絞められた。下手人はそのまま逃げた」

「どんな男なんですかえ」

「遣り手婆はちょっとしか見ていないのではっきりとは覚えていないが、二十七、八の色白ののっぺりした顔だったそうだ」

「京三の仲間だ」

　太助は興奮して言う。

「京三は知らないととぼけている」

「おしんは京三の秘密を知っているんですぜ。それで、危険だと思ったんだ。あっしがおしんに会いに行っていろいろきいたから……」

「何をきいたのだ？」

「着物ですよ」

「着物？」

「色が違うのはおしんが別の着物を用意したんじゃないかって思ったんです。たぶん、着ていた紺と白の唐桟縞の着物は返り血がついていた。だから、おしんが気を利かして別の着物を用意してやったんです」

「口を封じたというわけか」

「へい」

「だが、その証がない」

「へえ。生きていれば、いつかおしんの口からそのことが語られたかもしれません」

　太助は口惜しそうに言う。

「もうひとつ踏み込めないのは、京三と久次郎のつながりがわからないからだ。これまでの調べではつながりはないのだ」

「でも、どこかでつながっているはずだと、青柳さまも仰ってました」

「そうか。俺もそのあたりを調べてみよう。それより、京三をつけるのはいいが、気をつけろ。あの男はただ者じゃねえ」

「へえ。わかりました」

「じゃあな」

　おしんの持ち物をもう一度調べてみようと、千蔵は五条天神裏に向かった。

二

その日の朝、剣一郎は多恵の手伝いで継上下《つぎがみしも》を身にまとった。平袴《ひらばかま》に茶の肩衣《かたぎぬ》である。

「高四郎が快復に向かっているとのこと、なによりであった」

先日、多恵が見舞いに行き、昨夜、小石川にある実家から使いが来て、高四郎が食事が出来るようになったと言ってきた。

「はい。安堵しました」

「また、近々行ってこよう」

刀を受け取って、剣一郎は言う。

「高四郎も喜びます」

多恵は微笑んだあと、

「そうそう、父ですが、やはり、文七のことを気にしていました」

「義父どのは、そなたが文七の面倒を見てきたことをご存じなのだな」

「はい。おまえさまの手助けをしていることも。ですので、先日、おまえさまにそのことで相談しようとしたようです」

「そうか。しかし、なぜ今ごろ？」

義父がどのような女子《おなご》に産ませた子かは知らないが、文七が義父の隠し子であることは以前から薄々わかっていた。

「高四郎が臥《ふ》せったのを見て、文七のことが気になったようです。文七の身の振り方をおまえさまに相談したかったようです」

「そうであったか。今度見舞いに行ったとき、義父上と話し合ってみる。その前に、文七を呼んでもらおうか」

「畏まりました」

多恵はすまなそうに頭を下げた。

剣一郎は槍持《やりもち》、草履《ぞうり》取り、挟箱《はさみばこ》、それに若党を供に冠木門《かぶきもん》を出た。

八丁堀から楓川《もみじがわ》にかかる橋を渡り、川沿いを供と京橋川《きょうばしがわ》の近くまで来たとき、後ろから呼んでいる声がした。

「青柳さま」

声で太助だとわかった。

剣一郎が立ち止まると、供もいっせいに足を止める。

太助が息を弾ませながら目の前に立った。

「お屋敷に行ったら、出かけたばかりだというので追いかけてきました」

「何かあったのか」

剣一郎は厳しい表情できく。

「へえ。あとでご報告があると思いましたが、どうしてもお伝えしなきゃと思いまして」

太助は前置きして、

「『真澄家』のおしんが殺されました。さっき、千蔵親分から聞きました」

太助は事情を説明した。

「口封じですぜ。やっぱり、おしんは京三の秘密を知っていたのです。唐桟縞の着物のことに違いねえ」

太助は興奮して言う。

「京三が直接手を下したわけではありませんが、京三と入れ違いにやってきた客は仲間に違いありません」

「うむ。そうすれば、名指しせずにおしんの客になることが出来るな」

剣一郎は示し合わせていると思った。

「で、その客の人相などわかっているのか」

「それが遣り手婆がちらっと見ていただけで、はっきりとは覚えていないそうですが、二十七、八の色白ののっぺりした顔だったそうです」

太助は意気込んで、

「京三を見張っていれば、その男と会うでしょう。これから、ずっと京三を見張ります」

「太助。もう京三を見張るのはやめるのだ」

「どうしてですかえ。京三を見張っていれば、何かやらかしたとき……」

「いや。京三に仲間がいるようなら尾行はあぶない。京三をなめてはだめだ」

おしんが殺されたことに、剣一郎は衝撃を受けたが、それは京三が思った以上に冷酷だという証だった。

おしんは京三のために秘密を守り通してきた。この先も、京三を売るような真似はしなかったはずだ。それなのに、口を封じた。

「京三は人間ではない。人間の皮をかぶった鬼だ。そう思うべきだ」

久次郎に吾平、そしておしん。目的のためにはひとを殺すことなどなんとも思わない人間だ。剣一郎はそう思うべきだと、太助に言った。

「でも、京三を張るのが一番の近道じゃありませんか。たとえ、危険でも」

「少しでも危険があれば、やってはならぬ。京三の仲間はひとりとは限らぬ。もっといたらどうする？　逆におまえが見張られるようになる」

「では、あっしはどうしたら……」

太助は悄気《しょげ》たように俯く。

「前も言ったはずだ。『上総屋』のやめた手代のことを調べるのだ」

「わかりました」

気を取り直して、太助は言い、元気よく引き返して行った。

剣一郎の一行は再び奉行所に向かって歩きだした。


その日の午後、剣一郎は五条天神の門前町にある自身番で、同心の堀井伊之助と岡っ引きの千蔵と落ち合った。

「おしん殺しの下手人の行方《ゆくえ》はどうだ？」

「客の男を追っているんですが、誰も見ていません。おそらく注意して人目を避けて逃げ去ったものと思えます」

伊之助が答える。

「京三が怪しいと思うんですが、いかんせん証がありません」

千蔵が口惜しそうに言う。

「久次郎、吾平、そしておしん。この三人が殺されたそばに京三の影がある。京三は十分に疑わしい」

「青柳さま」

千蔵が異を唱えるように、

「久次郎と京三とのつながりがわからないんです。京三には久次郎を殺す理由がないんです。行きずりの殺しとは思えませんし」

「十五年前だ」

「えっ？　十五年前ですって」

「根っこは十五年前にある。それがなんなのかよくわからぬ。ただ、手掛かりはある。田原町の『上総屋』だ」

剣一郎はあくまでも推量でしかないと断り、

「『上総屋』のひとり娘が手代といい仲になり、家出をした。およそ半年後、手代が亡くなり、娘がひとりで『上総屋』に戻って来たそうだ」

「まさか」

「その娘の名はおしん」

「『真澄家』の女と同じ名ですね」

「京三がじぶんのかみさんと同じだと、『真澄家』のおしんに話していたそうだ」

「そうでしたか」

「手代がどうして死んだのか。いや、ほんとうに死んだのか。そのことを今、太助に調べさせている」

「手代が京三だと？」

伊之助がきく。

「そういうことも考えられる。だが、あくまでも想像だ。想像ついでに言えば、久次郎と吾平が殺され、次に狙われるのは『宝生屋』の与五郎かもしれぬ。三人は十五年前につるんでいた仲間であり、与五郎は畳職人として、『上総屋』に出入りをしていた。ちなみに、当時与五郎は博打で借金があったそうだ」

「そのことと手代の死に何かあると？」

「わからぬ。ただ、あるとしても知っている人間は先代と今の主人ら数人だ。先代はもう亡い。また、おしんも亡くなっているそうだ」

「『上総屋』の主人は当然知っているのでは？」

千蔵が口をはさむ。

「久次郎と若いころの吾平のことは知らないと言っていた。もっとも、上総屋が知っているのは与五郎だけかもしれぬ。が、おそらく手代の死についても多くは語るまい」

「問い詰めてみますか」

「手代の死に、何か後ろ暗いことがあるなら何も喋《しゃべ》るまい。それより、当面は与五郎だ。ひそかに与五郎を張っていれば、京三が現われるかもしれない。与五郎を見張る態勢を整えるのだ」

「わかりました」

「わしはこれから与五郎に会って探ってみる。そのあとの見張りは頼んだ」

そう言い、剣一郎は伊之助と千蔵と別れた。

剣一郎は神田佐久間町にある『宝生屋』に行った。

「与五郎はいるか」

土間に入って、剣一郎は若い男にきいた。

「へい、少々お待ちを」

若い男は奥に呼びに行った。

待つほどのこともなく、与五郎がやってきた。

「少しききたいことがあってやってきた」

「そうですか。ここでは話も出来ません。どうぞ、お上がりください」

与五郎は剣一郎を客間に案内した。人足の派遣もしているので、筋骨たくましい男たちが何人もいた。

客間で、与五郎と差し向かいになった。

「青柳さま。お話とは？」

与五郎が促す。

「久次郎と吾平とそなたは昔はよくつるんで遊んだ仲だと言ったな」

「そうです」

「そのうちの久次郎と吾平が殺されたのだ。何か心当たりは見つかったか」

「いえ。いっこうに」

与五郎は否定する。

「『上総屋』の沢太郎を知っているか」

「へえ、知っています」

「どういう間柄だ？」

「昔、ちょっと出入りをしていたことがあります」

「畳職人だったそうだな」

「へえ」

「どうして畳職人をやめたのだ？」

「お恥ずかしい話ですが、手慰みです」

「久次郎と吾平は博打仲間か」

「まあ、そんなところです」

「そのころ、何かなかったか」

「何かと仰いますと？」

与五郎は厳しい表情できく。

「恨みを買うようなことだ」

「いえ、ありません。なぜ、そのようなことを？」

「久次郎と吾平の殺され方だ。ふたりとも、なぶり殺しのようだ。下手人の恨みの深さを垣間見ることが出来る」

「…………」

与五郎の顔に影が差した。

「どうだ？」

「いえ。心当たりは……」

「十五年前、『上総屋』のひとり娘のおしんが手代と出来て家を飛びだしたそうだな」

「さて、そのようなことがありましたか」

「忘れたのか。畳職の親方の十兵衛から聞いたのだ。そのころ、そなたも十兵衛といっしょに『上総屋』に出入りしていたのではないか」

「あっしのような下っ端にそんな大事な話は入ってはきません」

「まあいい」

剣一郎は聞き流して、

「その手代は死んだらしい。おしんは『上総屋』に帰ったものの、親戚に預けられた後、亡くなったそうだ」

剣一郎は間を置き、

「この前、京三という男のことを話したと思う。『上総屋』の前で佇んでいた男だ」

「へい」

「久次郎と吾平殺しで疑いがかかっている。吾平殺しのあった翌日、京三は『と』組まで様子を見に来た形跡がある」

「…………」

「与五郎、よく、きけ」

「へえ」

「京三のかみさんはおしんという名だったそうだ」

「えっ？」

「京三こそ手代だった男。そう思えてならないのだ」

「まさか」

与五郎は呟く。

「まさかとは？」

「いえ。死んだ手代が生きていたなんてと思いまして」

「ほんとうに死んだのか、誰か確かめた者がいるのか」

「…………」

与五郎は深刻そうな顔をした。

「久次郎と吾平に続いて、そなたが狙われるようなことはないか。もし、心当たりがあるなら正直に話すのだ」

「青柳さま。せっかくのお言葉ですが、私にはまったく覚えのないこと」

「そうか。そなたがそう言うのなら信じることにしよう」

「恐れ入ります」

「しかし、そなたが気づいていないだけで、相手はそなたを恨んでいるということもあり得る。十分に気をつけることだ。邪魔をした」

剣一郎はすっくと立ち上がった。


深編笠をかぶり、剣一郎は神田佐久間町から三味線堀を経て、新堀川に出て菊屋橋を渡り、田原町にやってきた。

すると、背後から誰かが近付いてきた。

「青柳さま」

太助の声だった。

太助は嗅覚までもが猫のように鋭いのか、剣一郎の行く先々に現われる。

「おしんという娘と家を出た手代の名前がわかりました。庄吉だそうです」

「庄吉か。で、誰から聞いたのだ?」

「数軒隣にある瀬戸物問屋のおかみさんです。以前、猫の蚤取りで、家に上がったことがあったので、さっき寄ってみたんです。それで、世間話の折りに」

「そうか。で、庄吉がどうなったかは?」

「先代から死んだって聞いたそうです。家を出てから半年後に、庄吉が死んだため、おしんさんがひとり落ちぶれた姿で『上総屋』に帰ってきたそうです。でも、そのころは、先代は親戚の娘を養女にし番頭の沢太郎との縁組をすませ、子どもまで出来ていたので、おしんさんが戻る場所はなく、仕方なく親戚の家に預けたってことです」

「よく聞き出してきた」

剣一郎が褒めると、太助はうれしそうに顔を綻ばせた。

ほぼ、経緯は十兵衛の話と同じだった。ただ、十兵衛も瀬戸物問屋のかみさんも、先代から聞いた話だということが気になった。

対外的にそう話しているだけで、実際はどうだったのか。

そう思いながら、『上総屋』に目をやると、女中に連れられて十歳ぐらいの男の子がどこぞから帰ってきた。

「あれは『上総屋』の息子で、弟のほうです」

太助は言う。

「そこまで聞いたのか」

「瀬戸物問屋のおかみさんがちょっと腹立たしそうに言っていたんですよ。『上総屋』の旦那は長男を五、六歳で同業の店に丁稚奉公に出させたのに、弟のほうは真綿《まわた》でくるむように育てていたって」

「そういえば、長男は丁稚奉公しているようだな」

「青柳さま。まだ、『上総屋』のほうで何か調べることはありますかえ」

「おしんのことを知りたい。おしんを預かった親戚のことを調べてもらいたい。上総屋に親戚のことをきくのもいいが、変に身構えられても困る」

「任せてください。また、猫の蚤取り先で聞いてみます」

「頼んだ」

太助と別れ、剣一郎は稲荷町のほうに足を向けた。

剣一郎の前を鳶の者が三人歩いていた。木綿法被《もめんはっぴ》の背中にある違い鷹《たか》の羽《は》の紋は本井家だと思ったとき、稲荷町のほうからやはり鳶の者が三人歩いてきた。顔に見覚えがあった。『と』組の鳶だ。

やがてかち合う。遺恨《いこん》があり、ちょっとしたことから殴り合いになりかねない。それがきっかけで組を挙げての乱闘に発展しかねない。

両者が足を止めた。互いに睨み合った。剣一郎は何かあったら割って入るつもりで見守る。

やがて、『と』組の鳶が左の方に迂回《うかい》をして通った。本井家抱えの鳶の者はそのままっすぐ歩いて行った。

剣一郎は『と』組の三人の前に立ち、深編笠を少し上げ、

「三人とも、よく耐えた」

と、顔を見せた。

「青柳さま」

三人は同時に声を上げ、

「へえ、頭から諫《いさ》められております」

と、ひとりが答えた。

「安心した」

「恐れ入ります」

剣一郎は鳶の者と別れ、改めて稲荷町のほうに向かい、新堀川を渡って川岸を

元鳥越町に急いだ。

　元鳥越町にやってきて、『久野屋』に顔を出す。

「これは青柳さま」

　店番をしていた亭主が会釈をした。

「京三はいるか」

「はい。呼んで参ります」

　亭主は立ち上がった。

　外に出て待っていると、京三がやってきた。目は暗く、冷たい光が放たれているようだ。

「あっしに何か」

「『真澄家』のおしんのことだ」

　剣一郎は店先から少し離れた。

「驚きました。殺されたなんて」

「心当たりはないか」

「いえ、ありません」

「そなたのかみさんもおしんという名だったそうだな」

「いえ」

京三は否定した。

「違う？」

「へえ。女の機嫌をとるための方便です。そのほうが親しみが湧くんじゃないかと思いましてね」

「そうか。違うのか」

「へえ」

「田原町にある『上総屋』を知っているか」

「足袋問屋ですね。前を通ったことはありますが……。それが？」

「いや、なんでもない。ただ、昔、『上総屋』におしんという娘がいたそうだ」

「………」

「いや、そなたには関わりないことだ。邪魔したな」

「えっ、それだけですかえ」

「そうだ。それとも、何か、そなたのほうからわしに言うことでもあるのか」

「いえ」

「そうか。では」

深編笠をかぶり、剣一郎は京三を残して去って行く。京三がじっと見つめているのが背中に感じられた。

三

京三は腕組みをして剣一郎を見送った。

いったい、青痣与力は何しに来たのか。かみさんの名のことを知っているのは、おしんに会いに来た若い男だけだ。その男が青痣与力の手下だということを知らせにきたのか。

それにしても、なぜ、『上総屋』のおしんのことを口にしたのか。

そこまで知っているとなると、おしんが手代といっしょに家を出たということをわかっているということだ。

京三の胸に苦いものが広がった。

京三のほんとうの名は庄吉だ。『上総屋』では庄吉と呼ばれていた。

庄吉はよくおしんのお供をした。お琴《こと》の稽古《けいこ》やときたまの芝居見物にも同行した。おしんの希望だったらしい。

当時十七歳だったおしんは匂い立つような娘だった。庄吉は二十一歳。まるぽちゃで、色白の女の子のような雰囲気だった。

しかし、庄吉も男であり、美しいおしんのお供をするのが苦痛になってきた。

あるとき、店先にいる庄吉を女中が呼びに来た。

「庄吉さん。お嬢さまがお出かけよ」

「へえ」

「なに、ぐずぐずしているのさ」

女中が急かす。

そのとき、庄吉はもうおしんのお供を断りたかった。だからすぐに体が動かなかったのだ。

「さあ、早くおし」

女中はさっさと奥に向かった。

「庄吉。何をしているんだ。早く、行ってこい」

番頭の沢太郎も大声を張り上げた。

「へい」

追い払われるように奥に行く。

部屋でおしんが待っていた。

「お願いね。きょうはお琴の先生の会があるの」

「お嬢さま」

庄吉は廊下に跪《ひざまず》いて、

「お願いでございます。どうか、もうこのお役目をご辞退させてください」

「庄吉」

おしんが顔色を変えた。

「どうして、どうしてなの？」

「それは……」

庄吉は言いよどむ。

「私が嫌いなの？　私のお供がいやなの？」

「違います。その反対です」

「どういうこと？」

「お許しください」

「いや。ちゃんとわけを話してくれなければだめ。庄吉がお供してくれなければば、私は出かけないわ」

「お嬢さま。いけません。お師匠さんの会をお休みになってはいけません。どうか、他の者をお供にして」

「いやよ」

おしんはきっぱりと言う。

「私、行きません」

「お嬢さま」

庄吉は泣きそうになって、

「そのようなことを仰らず、どうぞ、お出かけを」

「いや。行きません」

「…………」

庄吉は深いため息をついて、

「わかりました。きょうはお供いたします。ですが、次回から他の者を」

「いや。庄吉が供をしてくれなきゃ、もうどこにも行かないわ」

「そんなわがままを仰られては」

庄吉は困惑した。

「行きません」

おしんは頑固に言う。

「お願いです。私が叱《しか》られてしまいます。どうぞ、他の者をお供に……」

「わけを聞かせてちょうだい」

「それは……」

「もういい。行って」

「えっ？」

「仕事なんでしょう。行っていいわ」

「お師匠さんのとこは？」

「行きません」

「そんな」

庄吉は追い詰められた。

「わかりました。わけをお話しします。そしたら、お出かけくださいますか」

「わかったわ」

おしんは請け合い、

「さあ」

と、迫った。

「はい」

庄吉は何度か口を開きかけては声を呑んだ。

「どうしたの？」

「はい」

庄吉は意を決して、

「お嬢さま。申し訳ありません。私はお嬢さまのそばにいるのが辛《つら》いのです。胸が息苦しくなるんです」

「どうして？」

おしんが真顔できく。

「…………」

「どうしてなの？」

「申し訳ございません。身の程知らずですが、私はお嬢さまのことが……。すみません」

庄吉は額《ひたい》を畳につけた。

「庄吉」

「はい」

「私のお供がいやだから、そんな理由を考えたのね」

「違います。私はお嬢さまを好きになってしまったのです。だから、お嬢さまの顔を見、声を聞くとどうしようもない切なさにおかしくなりそうなのです。叶《かな》うことなら、お嬢さまのいないところに行きたいとさえ思っているのです」

「…………」

おしんがじっと庄吉を見つめていたが、いきなり立ち上がり背中を見せた。

庄吉はいたたまれなかった。怒っているに違いない。蔑んでいるに違いない。奉公人の分際《ぶんざい》で、主人の娘に思いを寄せるなんて、なんという恥《はじ》知らずなのだと、庄吉は自分を責めた。

やがて、おしんが振り向いた。

「庄吉。私もよ」

「えっ？」

「私も庄吉が好きだったの」

「お嬢さま」

おしんの言葉が雷鳴のように耳元で響いた。

ふたりの運命が一転した瞬間だった。

ふと、前方に和助の顔が見えた。

片手で合図を送り、すぐ引き返した。

京三はいったん部屋に戻り、再び出かけた。

それから四半刻(三十分)後、京三は入谷の大名屋敷の中間部屋にいた。

「保吉。よくやってくれた」

京三は労《ねぎら》った。

「へえ。でも、寝覚めが悪い」

保吉は苦い顔をし、

「首を締めつけているとき、じっと俺の目を悲しそうに見つめていたんだ」

「そういうときは顔を手拭いか何かで隠してやるものだ」

京三は苦笑して言う。

「でも、女を殺るのは気持ちのいいもんじゃねえ」

「まあ、これで度胸がついただろう」

伊勢蔵が声をかける。

「そうですねえ」

「あと、ひとつ頼まれてくれ。『宝生屋』の与五郎だ。こいつは誘《おび》き出すだけでいい。俺が殺る」

京三は鋭い声で言う。

「それなら、誰でもいいな」

伊勢蔵は仲間の三人の顔を見た。

「だが、油断はならねえ」

京三が厳しい顔になった。

久次郎に続いて吾平を殺した。次が与五郎だと、青痣与力は気づいているとみなければならない。

「町方が張っているはずだ。気づかれぬように、言伝《ことづて》をしてもらう」

「そうか。じゃあ、俺がやるか」

伊勢蔵が頷きながら言う。

「そうしてもらおう。明日だ」

「わかった。で、言伝の内容は？」

「『上総屋』の使いだと名乗り、主人が大事な話があるから夜にこっそり『上総屋』の裏口まで来てくれと」

伊勢蔵は復唱してから、

「わかった」

と言った。

与五郎は、久次郎と吾平が殺されたことから、次の狙いが自分か上総屋かと思っているはずだ。この件が済んだら、いよいよ『上総屋』の使いだと信じるに違いない。

京三は含み笑いをした。

「きょうも見てきたが、『上総屋』の数軒隣にある荒物屋《あらもの》の裏手は火を点《つ》けやすい」

仲間のひとりが言う。

「よし。帰りがけ、俺も確かめてみる」

京三は応じた。

「それにしても、京三さんが『上総屋』に恨みを持っていたなんて不思議な巡《めぐ》り合わせだぜ」

伊勢蔵は目を細めた。

「ああ、俺もおめえたちに出会って助かったぜ」

京三は言い、

「じゃあ、明日、頼んだぜ。俺や与五郎の周辺は町方に見張られていると考えて十分に注意をするのだ」

京三は念を押してから中間部屋を出た。

伊勢蔵もいっしょについてきた。つけている人間がいないかを確かめるために、屋敷を出るときは時間を置いた。

京三は新堀川を渡り、東本願寺裏から田原町に向かい、『上総屋』の土蔵が見える場所にやってきた。

復讐も終わりに近づいていると思うと、運命を変えたおしんとの関わりを思いだした。

おしんが自分を好いてくれていたことに、天にも昇る心地と同時に地獄に落ちる恐怖にも襲われた。想像もしなかったおしんの言葉はまた庄吉を苦しめることになった。

だが、おしんの供で外出したあと、はじめて出合茶屋に行き、結ばれた。

そのときは歓喜に打ち震えたものの、店に帰ったあと、己《おのれ》のしでかした罪の大きさに戦《おのの》いた。その繰り返しだった。

何度も、おしんとの関係を断ち切らなければならないと思いつつ、おしんへの熱い想いに勝てず、出合茶屋で逢瀬《おうせ》を楽しみ、やがては大胆にも、店の土蔵でも逢引《あいび》きを繰り返すようになった。探し物をするのを手伝って欲しいとおしんに頼まれて土蔵に行く体裁《ていさい》をとったのだ。

おしんとの仲はますます深まり、たびたびの逢瀬も、店の誰にも気づかれなかったのは奇跡であった。

だが、やがてふたりの行く手に障碍《しょうがい》が立ちはだかった。それは、朋輩の松吉から聞かされたのだ。

「番頭さんがお嬢さまの婿に決まったそうだ」

「番頭さんが？」

庄吉は耳を疑った。

「そうだ。さっき番頭さんがうれしそうに話していた。旦那は番頭さんをずいぶん買っていたものな」

庄吉は体ががたがた震えて止まらなかった。

「庄吉、どうしたんだ？」

松吉が不審そうにきいた。

「なんでもない。ちょっと風邪《かぜ》気味だったから」

その場はなんとか取り繕ったが、恐れていたことがついに来たという絶望に打ちのめされていた。

数日後、土蔵の中で会ったとき、おしんは悄然《しょうぜん》と口にした。

「おとっつあんに番頭さんと所帯を持って『上総屋』を守《も》り立てていくように言われたわ。でも、いやよ。番頭さんなんか、いや」

「お嬢さま」

庄吉はなだめるように、

「旦那さまのお言葉に逆らったら生きていけません。私たちの仲もこれきりに……」

「いや」

おしんは悲鳴のような声で言い、

「私は庄吉さんなしでは生きていけない」

「所詮《しょせん》、私とお嬢さまとは結ばれぬ定めだったのです。私も死ぬほど苦しい。でも、旦那さまに逆らうことは出来ません」

「じゃあ、家を出ましょう。ふたりでどこかで暮らしましょう」

「いけません。ここを出たら、今までのようにはいきません。お嬢さまに貧しく、惨《みじ》めな暮らしをさせたくありません」

「庄吉さんとなら、どんな貧しい暮らしにも我慢出来るわ。私も働きます」

「いけません。それればかりはだめです」

庄吉は泣きながら諫めた。

だが、その次のおしんのひと言が進むべく道を変えさせたのだ。


「京三さん」

伊勢蔵の声に、京三は我に返った。

「だいじょうぶだ。尾行している者はいない」

「そうか」

「ついでだ。こっちが目をつけた付け火の場所に案内しましょうか」

「そうしてもらおう」

「こっちです」

京三は伊勢蔵のあとをついて行く。

またも、おしんのことを思いだして、京三は胸が苦しくなる。まさに、運命だったとしか思えない。もし、あのおしんのひと言がなければ、京三はおしんと別れ、おしんは番頭の沢太郎を婿にしていた。今はおしんは内儀《おかみ》さんと呼ばれ、京三も番頭になっていたことだろう。

路地を入り、伊勢蔵は『上総屋』の数軒隣にある荒物屋の裏手にやってきた。

裏長屋の厠がある辺りに行き、

「そこの部屋は空き家だ」

と、伊勢蔵は教えた。

「そうか。よし、ここでいいだろう」

ここで火の手が上がればあっという間に長屋を燃やし、やがて『上総屋』のほうに類焼するはずだ。

「明日、与五郎のほうは頼んだぜ」

「任してくれ」

「じゃあ」

京三は伊勢蔵と別れ、元鳥越町に戻った。『久野屋』の周辺を見廻ったが、見張りがいるようには思えなかった。

四

その夜、剣一郎の屋敷に、文七がやってきた。

「文七。上がらぬか」

いつも文七は庭先に立つだけで、部屋に上がろうとしなかった。

「いえ、あっしはここで」

やはり、遠慮する。

「きょうは仕事の話で呼んだのではない。いいから、上がれ」

「いえ、ここで」

「そなたは多恵の弟だ。弟を庭に置いて話は出来ぬ」

「えっ?」

文七は目を大きく見開いた。

「驚かんでもよい。薄々、察していたことだ。それに、先日、多恵も打ち明けた」

「恐れいります。でも、あっしは弟といっても、ずっと母とふたりで暮らしてきたんです。あっしのような者がおこがましい……」

「文七。ともかく、上がれ」

いつになく強い口調の剣一郎に、文七は当惑しながらも、やっとその気になった。

部屋で文七は畏まった。

「文七。そなたももう二十九になる。前々から気にかかっていたのは、そなたの身の振り方だ。きょうは、そのことで話をしたいと思ってな」

「あっしは青柳さまのお手伝いが出来ることにやりがいを感じております。遠い先はともかく、今しばらくはこのままで」

「そうはいかぬ」

剣一郎はきっぱりと言い、

「これまで、ずいぶんそなたに助けられた。十分過ぎるほどの働きだった。今度は、わしがそなたに返す番だ」

「滅相《めっそう》もない。あっしはいつもお目をかけていただいて感謝をしているのです」

「そなたの母御はどのようなお方だったのだな？」

「へえ」

「わしはそなたの身の上を知らない。あえて、訊ねようとしなかった。だが、今夜くらい、話してはくれぬか」

「………」

「どうした?」

「詰まらない話です」

「よいか。そなたはわしの義弟《おとうと》でもあるのだ」

「もったいないお言葉」

文七は頭を下げた。

「何を言うか。我らは身内なのだ。さあ、話してみよ」

「はい」

文七は顔を上げ、

「母は料理屋で働いていたそうです。そこで、湯浅高右衛門さまと知り合い、親しくなったと聞いています」

「義父、いや高右衛門さまにお会いしたことは?」

「ありません。母はあっしを身籠《みご》もったあと、高右衛門さまに御迷惑をおかけしてはならないと、誰にも言わずに料理屋を辞めて、三ノ輪《みわ》の知り合いの家に行き、そこであっしを産んだのです」

　文七は遠くを見るように、

「そのうち、近くの長屋に住み、母は近くの料理屋で働きながらあっしを育ててくれました。あっしが八歳のときに母が病に倒れ、働けなくなりました。それからは、あっしがシジミ売りや納豆売りなどやりながら暮らしてきたんですが、あっしの稼ぎじゃどうしようもありません。飯にありつけない日はしょっちゅうでした。母は死にたいと口にするようになりました。あたしがいたんじゃ、おまえが苦労するだけだと」

「そうか、母御の苦悩もいかばかりか。いたわしい」

　剣一郎は胸を抉《えぐ》られそうになった。

「一度、あっしが仕事から帰ったとき、首を吊ろうとしていたことがありました。母は泣きじゃくっていました。そんなときに、多恵さまが訪ねてくださったのです」

　文七は目を潤《うる》ませ、

「高右衛門さまから母のことを聞き、捜してくれていたそうです。多恵さまにやさしい言葉をかけられ、母は泣いていました。それからは多恵さまの援助があって、母も快復し、あっしもいつか店を持とうと棒手振りをして……」

「失礼します」

多恵の声がして、襖が開いた。

文七は入って来た多恵に敬《うやま》うように頭を下げた。

「文七からいろいろ話を聞いていたところだ」

「そうでございましたか」

「母は最期まで、多恵さまのご恩を忘れるでないと言ってました。青柳さまのお手伝いの話をお伺いしたときは、多恵さまのためにも頑張ろうと思いました」

「文七」

剣一郎は口調を改め、

「そなたは我らの身内であることを忘れるな」

「ありがとうございます」

「文七さん」

多恵がやさしく、

「父がお会いしたいと仰っていました」

「えっ」

文七が思わず声を上げた。

「今度、父にここに来ていただきます。母もそなたのことを承知しています」

「………」

「今さら、父だと名乗られても、あなたには迷惑かもしれませんね」

「いえ。あっしのことを思ってくださってうれしい限りでございます」

「よし、日取りを考えよう」

「はい」

「文七さん。夕餉は？」

「もういただきました」

「剣之助が用が済んだら会いたいそうよ」

「そうですか。離れにまわってみます」

文七はそう言い、立ち上がって濡縁に出た。

文七が剣之助に会いに行ったあと、

「義父上もよくお会いする決心をなさったな」

「はい。やはり、高四郎が臥せったことも役に立ちました」

多恵がいたずらっぽく笑った。

「おや」

庭先にひとの気配がした。

文七が戻ってきたのかと思ったが、濡縁に出ると太助が立っていた。

「すみません。黙って入って来て」

「構わぬが、驚いた」

相変わらず、気配を消すのがうまい。

剣一郎は濡縁に腰を下ろした。

「変ですぜ」

いきなり、太助が言う。

「何がだ？」

「『上総屋』の親戚です。駒込《こまごめ》にあるって言うんで行ってきました」

「なに、もう行ってきたのか」

「へえ。先代の弟の家です。もう歳ですが、結構しっかりしていて、おしんのことも覚えていました」

「そうか」

「それが変なんです。おしんは預かっていないそうです。他の親戚にも預けていないはずだと」

「隠しているわけではないのか」

「そんな感じではありませんでした」

「親戚に預けたというのは嘘だということか」

「はい。おしんはどこか別の場所に預けられたんじゃないでしょうか」

「おしんが死んだということは？」

「それも聞いていないそうです」

「確かに、妙だな」

剣一郎も首を傾げ、

「親戚ではないとすると……。乳母かもしれぬ」

「乳母ですかえ」

「そうだ。おしんを育てた乳母がいるはずだ。もしかしたら、そこに預けられたかもしれぬ」

「乳母ですね」

「おしんの乳母のことをきき出してくれ」

「誰にきけばいいんでしょうか」

「取上げ婆だ。おしんを取り上げた女を捜すのだ。三十年以上も前のことだから、すでに死んでいるかもしれぬ。だが、その身内からなにかわかるかもしれない」

「わかりました。生きていてくれるといいんですが。じゃあ、明日さっそく取上げ婆を当たってみます」

太助は勇《いさ》んで引き上げて行った。


翌朝、剣一郎が出仕すると、宇野清左衛門に呼ばれた。

年番方与力部屋に赴《おもむ》くと、清左衛門が待っていた。

「長谷川どのだ」

渋い顔をして、清左衛門は立ち上がった。

「例の件でしょうか」

「そうだろう」

内与力の用部屋の隣の部屋に行き、待っていると四郎兵衛がやってきた。

「青柳どの。どうなっているのだ?」

いきなり、四郎兵衛が切り出した。

「何がでございましょうか」

剣一郎は問い返す。

「何がではござらぬ。『と』組が本井家の火消しに詫びを入れる件だ。まだ、詫びをしていないそうではないか」

剣一郎は耳を疑った。

「長谷川さま、詫びを入れるとはどういうことでございましょうか」

「何を言っているのだ。先日、頼んだではないか」

「長谷川どの」

清左衛門は口をはさんだ。

「大名の各自火消しと町火消しの喧嘩は最近はなく、落ち着いておるが」

「そうではない。『と』組が本井家の火消しに詫びを入れなければ落着ではない」

「お待ちください」

剣一郎は呆れて言う。

「消し口の取り合いからのいざこざは、どっちが詫びを入れるかという問題ではありません」

「何を言うか。『と』組が本井家の火消しに詫びを入れるように取り計らえと頼んだではないか。昨日、能登守さまから、お奉行が催促《さいそく》されたそうだ」

「そのような話は承《うけたまわ》っておりませぬ」

「なんだと」

四郎兵衛が目を剝いた。

「能登守さまからお奉行が頼まれたと話したではないか」

「両者のいざこざを鎮《しず》めることを請け合いました」

「話にならぬ」

四郎兵衛は癇癪《かんしゃく》を起こした。

「よいか。このままでは、今度火事場で両者がかち合ったら、本井家の火消しが黙っていない」

「どういうことですか」

「本井家の火消しが火事場で『と』組の連中と事を構えるつもりだ」

「そんなことはありません」

「能登守さまが、そう仰ったそうだ。もし、詫びがなければ、火事場で流血騒ぎが起きると」

「長谷川どのは本井家の肩をお持ちか」

清左衛門が声を荒らげた。

「そなたたちこそ、『と』組の肩を持つのか」

「どっちの肩を持つという話ではありません」

剣一郎は呆れたように言い、

「長谷川さま。どうやら、本井家は町火消しに対して含むところがおありなのではありませんか」

「そういう問題ではない」

「いえ、そうとしか思えません」

町の衆の人気も町火消しに偏《かたよ》り、火消しといえば町火消しを思い描く。そんな風潮に、各自火消しや定火消しは面白くないのではないか。

「よいか。今度火事が起き、現場で流血騒ぎが起きたら、青柳どのの責任ぞ」

「無茶な」

清左衛門は語気を強めた。

「ともかく、お奉行の顔を潰すような真似はしないでもらいたい」

四郎兵衛は吐き捨てて部屋を出て行った。

「困ったお方だ。先日、本井家の留守居役が長谷川どのに会いに来ていたが、たんまりもらったのであろう」

清左衛門は侮蔑《ぶべつ》したように言う。

「青柳どの。気にするな」

「はい。ただ、火事場で流血騒ぎというのが気になります」

先日、本井家の各自火消しと『と』組の火消しが町ですれ違ったとき、本井家の火消しは案外とおとなしくすれ違っていった。

ひょっとして、本井家の火消しでは今度起こる火事に狙いを定めているのではないか。火事場で、遺恨を晴らそうとしているのでは……。

単に消し口を取り合ったというだけのことではない。町火消しに対する嫉妬《しっと》が根底にあるのだ。それは、こっちが考える以上に根深いのかもしれない。

「これから、本井家に行ってきます」

剣一郎は憂鬱《ゆううつ》な思いで奉行所を出た。

剣一郎は下谷七軒町にある本井家の上屋敷にやってきた。

長屋門に近付き、門番に丸山惣太郎への面会を求める。

「しばらくお待ちを」

いかつい顔の門番は別の男を走らせた。

だいぶ時間がかかって、丸山惣太郎が出てきた。

「お待たせした。きょうは非番で、長屋のほうで過ごしていたので、なかなか私を捜し出せなかったようだ」

言い訳したが、剣一郎を避けているように思えなくもなかった。

「用件を承ろう」

惣太郎は門から少し離れてきいた。

「『と』組とのことです」

「今は特に問題はないと思うが」

「御留守居役が奉行所に来られ、『と』組に詫びを入れさせるように迫ったというのはほんとうでしょうか」

「知らぬ」

「あなたが、御留守居役にそう頼むようにお願いしたのでは？」

「私は火消しではない」

「しかし、各自火消しとの折衝《せっしょう》役ではありませんか」

「そうだが」

「丸山どの。今度、火事が起きたら、『と』組をやっつけようと手ぐすねを引いて待っているという噂がありますが」

剣一郎はあえて大仰に言う。

「噂は噂」

「噂を否定なさらないのですか」

「…………」

「丸山どの。火消しは火を消すのが第一の役目。無用な名誉合戦や遺恨を晴らす場ではありません」

「青柳どのが何を仰っているのかわかりませんな」

「本当にそういうことがないのですね」

「あるわけない。ただ」

惣太郎は含み笑いをした。

「ただ、なんですか」

「今度は消し口をとろうと張り切っている。火事と喧嘩は江戸の華《はな》ですからな」

「張り切っているというのは、火事を待ち望んでいるということですか」

「そうではない。いざというときには頑張るという意味だ」

「そうですか。それから、火事と喧嘩は江戸の華ではなく、火事場の喧嘩は江戸の恥《はじ》でしょう。もし、不穏な動きがあれば、奉行所も黙ってはいません。よろしいですか、くれぐれも火消しの本分を忘れぬように。失礼する」

剣一郎は釘を刺し、惣太郎と別れた。

きょうも日照りが続いている。しばらく雨は降りそうにはなかった。

五

夕暮れて、京三は懐に匕首を呑んで『久野屋』を出た。

つけて来る者がいないことを確かめるために、京三は鳥越神社の鳥居をくぐった。拝殿の前に行き、手を打つ。

背後に注意を向けるが、気配は感じない。それでも、京三は鳥居に向かわず、裏口に向かった。

後ろを確かめ、裏口を出る。

出たところでも辺りを確かめ、足早になった。すでに伊勢蔵は『宝生屋』に行き、『上総屋』の使いということで与五郎に会ったはずだ。

与五郎は必ず来る。京三はそう読んでいる。俺からすべてを奪った者たちへの復讐はあと与五郎と『上総屋』の主人に納まった沢太郎で終わる。

思えば長い道程《みちのり》だった。十五年の歳月がかかってしまった。

番頭の沢太郎がおしんの婿になると決まったとき、庄吉は本気でおしんと別れるつもりだった。

「お嬢さま。この家を出たところで待っているのは、貧しく、惨めな暮らしです。どうか、私たちのことはなかったことにしましょう。お嬢さまと別れるのは身を引きちぎられるほど辛いけど、そうするしかないのです」

「だめ」

おしんは首を横に振った。

「庄吉さんと別れるのはいや。それに、もう私たちは引き返せないの」

「それでも、引き返さなきゃだめです」

そうしなければ、ふたりともだめになってしまう。そう涙ながらに訴えたが、おしんの言葉は一切を覆《くつがえ》した。

「庄吉さん。私のお腹にややこが……」

再び耳元で雷鳴を聞いたように、庄吉は耳の感覚が麻痺《まひ》し、おしんの声が途絶えた。

「ややこ……」

衝撃はなかなか冷めなかった。やがて、体が小刻《こきざ》みに震えてきた。

やっと、庄吉は口を開いた。

「ほんとうなんですかえ」

「私と庄吉さんの子よ」

「ほんとうよ」

おしんは庄吉の手をとり、自分の腹に持っていった。

「私とお嬢さまの子ども」

そう呟いたとき、胸の底から喜びが突き上げてきた。これは定めだと思った。天が決めた定めに逆らうべきではない。

「お嬢さま」

庄吉はおしんの肩を抱き寄せ、

「お嬢さま。どこか遠くで、親子三人で暮らしましょう。私はどんなことをしてでも、お嬢さまと生まれて来る子を守ります」

京三は新堀川沿いを急ぎ、菊屋橋を渡って田原町に着いたときには辺りはすっかり暗くなっていた。

『上総屋』の周辺に不審な人影がないのを確かめ、裏にまわった。

裏通りをはさんで、別の商家の塀が続いている。『上総屋』の裏口から少し離れたところにしだれ柳が一本立っていた。

その陰に身を隠し、京三は与五郎の到着を待った。

『上総屋』を飛びだしたおしんと庄吉は浅草から遠く離れた芝《しば》に逃げ、口入れ屋の世話で浜松町《はままつちょう》にある長屋に住みはじめた。

その口入れ屋で世話をしてもらって、土木工事の日傭《ひよう》取りとして働きだした。

おしんが実家から金を持ってきていたこともあり、暮らしにいくぶん余裕はあった。

仕事から帰ると、おしんが待っている。おしんは今までとまったく正反対の暮らしにも常に笑みを絶やさなかった。

だが、貯《たくわ》えが底をつくと、日傭取りの稼ぎだけでは苦しくなった。朝は棒手振り、昼間は土木人足や荷役の仕事をしながら、なんとか子どもの誕生を迎えた。男の子だった。庄助《しょうすけ》と名づけたのはおしんだ。愛くるしい庄助の笑顔を見ると、仕事の疲れは吹っ飛んだ。親子三人の暮らしは貧しいながら仕合わせに満ちていた。

『上総屋』では親戚の娘を養女にし、番頭の沢太郎を婿に迎え、男の子が生まれたという話を風の便りで聞いた。

一度、浅草まで様子を見に行ったが、『上総屋』は以前と変わらぬ賑わいを見せていた。おしんと庄吉がいなくなった影響などどこにもないようだった。

こんな暮らしをさせてすまないと詫びると、今とっても仕合わせよと、おしんはややこを抱きながら微笑んだ。

そのささやかな仕合わせを踏みにじったのが与五郎たちだ。

黒い影が裏道に現われた。京三は目を凝らした。

近付いてきた男は与五郎だった。ひとりだ。京三は出て行く。

与五郎が足を止めた。

「会いたかったぜ、与五郎」

京三は前に出た。

「誰だ?」

与五郎が問い質《ただ》した。

「俺だ。わかるかえ」

京三は顔を晒《さら》す。

「…………」

「わからねえのも無理はねえ。おめえのおかげで俺は人間じゃなくなったんだ」

「きさま、庄吉なのか」

与五郎ははっとする。

「そうだ。おめえが俺を変えたのだ」

「生きていたのか」

「生き返ったんだ。だが、生き返ったのは庄吉じゃねえ。鬼だ。俺は復讐の鬼になった」

仕事から帰り、おしんと庄助に迎えられ、やっとひと息ついたとき、腰高障子が叩かれた。

おしんが返事をして出て行こうとするのを、

「俺が出る」

と、制した。

乱暴な戸の叩き方に、庄吉は不審を持ったからだ。

庄吉が出て行き、戸を開けると、三人の男が立っていた。

「あんたは……」

畳職人の与五郎とふたりの男がいた。

「ちょっと、付き合ってもらおう」

与五郎が言う。

「おまえさん」

おしんが庄助を抱っこしたまま心配そうに出てきた。

「だいじょうぶだ」

庄助の頭をなで、おしんに目顔で行って来ると言い、庄吉は外に出た。

与五郎は川のほうに連れて行く。金杉橋《かなすぎばし》に近い暗がりにやってきたとき、いきなり後頭部を殴られた。

「何しやがんでえ」

倒れながら、庄吉は叫んだ。

また、棍棒が頭を襲った。両腕で防ぐ。だが、激しい痛みが腕に走る。激痛にのたうちまわったところを足蹴《あしげ》が飛んできて、脾腹を打った。

倒れたところに、棍棒と足蹴が交互に襲いかかった。意識が遠のく。そのあとの記憶は断片的だ。

懸命に逃げようとして起き上がったとき、背中に焼けるような痛みが走った。匕首で斬られたのだ。さらに腹も刺され、薄れていく意識の底で「おしん、庄助」と叫んだ。

「てめえたちは俺を船に乗せ、大川の河口で捨てたんだ。違うか」

京三は蔑むように言う。

「俺の死体を捨てたつもりだったろうが、あいにくだったな。俺はまだ息があった。もっとも水の中のことは覚えちゃいねえ」

啞然としている与五郎に、京三は続けた。

「俺は木更津《きさらづ》の漁師に助けられたんだ。生きていたのが奇跡だと、助けてくれた漁師が話していた。だが、傷が癒《い》えるまで一年近くかかったぜ」

「…………」

「幸か不幸か、助けてくれた漁師は俺を博徒の親分に預けた。俺は博徒の親分の世話で快復したってわけだ」

京三は与五郎に迫る。

「親分が江戸に行く用のある手下に『上総屋』の様子を探らせた。そしたら、おしんと子どもは死んだらしいと聞いてきた。すぐにでも、おめえに復讐しに行きたかったが、喧嘩のやり方も知らねえ俺がおまえに敵うわけはねえ。それに、助けてもらった親分への恩義もあって、子分として過ごすようになった。出入りでは先頭を切って殴り込み、親分の命令なら誰でも殺した。俺は人間をやめて鬼になろうとしたんだ。俺は政次《まさじ》と呼ばれていたから、いつしか、ひと斬り政というふたつ名で呼ばれるほどになった。これも、いつかおめえたちに復讐をするためだ」

「久次郎と吾平を殺したのはおめえか」

与五郎が言う。

「そうだ。おめえには一番恐怖を味わってもらおうと思って後回しにしたんだ。

久次郎と吾平が殺されれば何かに気づくだろうとな。それでも、町方に助けを求めに行くわけにはいかねえ」

「まさか、おめえが生きているとは思わなかったぜ。だが、俺はそうやすやすとはやられねえぜ」

「少しは手応えがあるか」

「返り討ちにしてやる。その前に、ここじゃ闘《たたか》えねえ。場所を変えよう」

与五郎が言う。

「いいだろう」

与五郎は田原町を出て、東本願寺の裏を通り、新堀川を渡って寺町に入り、寺と寺の間の道を行って雑木林に出た。

「ここなら誰にも邪魔されない」

与五郎が立ち止まって振り返った。

「てめえ、最初から俺をここに誘き出すつもりだったようだな」

京三は鼻で笑った。

「そうさ。誰が『上総屋』の使いだと信じるものか」

「仲間が控《ひか》えているようだな。おい、隠れてねえで、出てこい」

京三が怒鳴った。

すると、暗がりから大柄な侍が現われた。

「浪人か。なるほど、仕事を求めてやってきたのを雇ったってわけか」

「そうだ。てめえも年貢の納め時だ」

「ところで、きいてえ。誰に頼まれて俺を襲ったのだ？」

「言うまでもねえ」

「『上総屋』の先代か」

「そうだ」

「番頭だった沢太郎も嚙《か》んでいるな」

「さあな。ただ、沢太郎の旦那だって、おしんの婿になれるって喜んでいたのだ。それを裏切られたんだからな」

与五郎は蔑むように口許を歪めた。

「あのあと、おしんと子どもはどうした？　子どもの亡骸を寺に運んだと、吾平が言っていたが、俺の息子か。赤子を手にかけたのか」

「そんな昔のことはどうだっていいじゃねえか」

与五郎は冷笑を浮かべた。

「言え、言うんだ」

京三は迫る。

「おめえを殺ったあと、おしんと子どもを『上総屋』に連れて行った。それだけだ」

「てめえ」

京三は懐から匕首を抜き取った。

「おしんと子ども、それから昔の俺、庄吉の恨みを晴らさせてもらうぜ」

「こっちの台詞《せりふ》だ。久次郎と吾平の仇《かたき》だ。旦那、やってくれ」

「よし」

楊枝《ようじ》をくわえて待っていた浪人は、ぺっと楊枝を吐き出し、刀を抜いた。

野太い腕で、剣を突き出し、

「おめえがひと斬り政か。上州で噂を聞いたことがある。まさか、こんなところで会えるとは思っていなかったぜ」

木更津を離れたのは五年前だ。自分を助けてくれた親分が別の博徒の親分に殺された。その博徒の家に押込み、敵《かたき》を討って、その足で木更津を離れたのだ。

上州でも博徒の親分の家に世話になり、喧嘩に加担して何人かを手にかけた。

ひと斬り政の名は上州でも轟《とどろ》いた。

「お侍さん。あっしは実戦で鳴らしてきたんですぜ。道場剣法なんて、喧嘩には糞《くそ》の役にも立ちませんぜ」

「でかい口を叩くな。いくぞ」

浪人は八相《はっそう》に構えて迫った。

「いいですかえ。喧嘩剣法を見せてやりますぜ」

京三は腰を落として匕首を構えた。そして、じりじり左に移動する。浪人も剣を構えたまま京三に合わせる。

さらに、京三は左にまわる。浪人は向きを変える。京三は立ち止まり、今度は逆に右に移動する。

「こやつ」

浪人は口許を歪め、

「覚悟せよ」

と、斬りかかってきた。

京三は横っ飛びに逃れる。浪人の剣は空を斬った。

「お侍さん。それじゃあっしを斬れませんぜ」

「なんだと」

浪人は剣を上段に構えた。その隙《すき》だらけになった顔を目掛け、京三は匕首の鞘を投げつけた。

あっと、浪人が顔を背けた瞬間をとらえ、京三は相手に体当たりをした。

うぐっと、浪人は呻いた。浪人の脾腹に匕首の刃が深々と突き刺さった。その刃先を抉る。

浪人の巨体が大きく傾いで倒れた。

京三は手拭いで、刃にこびりついた血を拭き取った。

手拭いを後ろに放り、与五郎に向かった。

「与五郎。今度はてめえの番だ」

与五郎は後退った。

「俺たちは仕合わせにささやかに暮らしていたんだ。それを壊しやがった」

「待て」

与五郎は手を上げた。

「この期に及んで見苦しいぜ。てめえは、先代から頼まれて俺たちを襲った。いってえ、いくらもらったんだ。その金を元手に、口入れ屋をはじめたんじゃねえのか。ここまで、さんざんいい思いをしてきたんだ。もう悔《く》いはなかろうぜ」

京三は匕首を構えた。

「待て。話を聞け」

与五郎は恐怖に引きつった顔をしていた。

「男らしくねえぜ」

「待ってくれ。おめえの子どもは生きている」

踏み込もうとした足が止まった。

「今、なんて言った？」

「おめえの子どもは生きているんだ」

「てめえ、いい加減なことを」

「嘘じゃねえ」

「どこにいるんだ？」

「『上総屋』だ」

「『上総屋』だと？　口から出まかせばかり言いやがって」

「本当だ。『上総屋』の息子はおめえとおしんの子だ」

「どうして、『上総屋』にいるんだ？」

「それは……」

暗がりから誰かが走ってきた。

侍のようだ。あっと、京三は後退った。

「与五郎。決着は持ち越しだ。俺のことを話すのはおめえにとっても命取りだ。いいか、必ず、おめえを殺る」

京三はさっと離れ、反対側に逃れた。

京三は隣の寺の境内に飛び込み、裏門に向かって逃げた。駆けつけたのは八丁堀の同心だ。岡っ引きの姿もあった。

夜道を駆けながら、『上総屋』の息子はおめえとおしんの子だという与五郎の言葉が耳元にいつまでもこびりついていた。

第四章　炎の中

一

　翌日、朝から風が強かったので、剣一郎は風烈廻り同心の礒島源太郎《いそじまげんたろう》と大信田《おおしだ》新吾《しんご》と共に町の見廻りに出た。

　失火や不穏な人間の動きを察知して付け火などを防ぐためだ。晴天が続いており、ときおり強風が吹いて砂埃を巻き上げる。

　だが、ほどなく風が弱まってきて、あとの見廻りをふたりに任せ、剣一郎は元鳥越町の『久野屋』に足を向けた。

　店先に立つと、亭主が顔を出した。

「青柳さまで」

「すまぬが、京三がいるか確かめてもらいたい」

「へい」

亭主は奥に引っ込み、梯子段を上がって行った。

亭主はすぐ戻って来て、

「おりませぬ。昨夜は帰ってこなかったようです」

「もう戻ってこまい」

「えっ、何かあったのですか」

亭主は驚いてきく。

「すまぬが、部屋を見てみたい。心配するな、わしが責任を持つ」

「へい。どうぞ」

亭主の案内で二階の部屋に行った。

ふとんと着替え以外、荷物らしいものは何もない。常に、この部屋を捨てていけるように暮らしていたようだ。

「京三を訪ねてきた者はいるか」

「いいえ、千蔵親分以外は誰も」

「どんな人間でもいい。誰も訪ねてこなかったのだな」

「へい。ただ」

「ただ、なんだ」

亭主は困惑した顔をし、

「あっしに勘当した和助って伜がいます。その伜が二年ぶりに帰ってきて、部屋を空けろと迫って……」

そのときの経緯を亭主が話した。

「その後も、和助が京三さんに会いに来たかもしれません」

「和助に仲間は？」

「奴は下っ端です。兄貴分みたいのがいたはずです」

「今、和助がどこにいるのかわからないのだな」

「わかりません。奴はもうだめです」

亭主は悲しそうな目をした。

「和助に会ったら、諭してみよう」

「いえ、我が伜ながら、救いようがありません」

「望みを捨てるな。邪魔をした」

剣一郎は『久野屋』を出た。

それから、剣一郎は武家地を抜け、佐久間町の大番屋に向かった。

ゆうべ、与五郎が何者かに襲われ、浪人が匕首で刺されて殺されたという。見張っていた町方の目をすり抜け、与五郎は『宝生屋』を出たらしい。途中、人伝てにきすぐに気づいて、同心の堀井伊之助と千蔵があとを追った。きながら、新堀川を浅草方面に向かい、菊屋橋までやってきたが、行方が摑めなかった。

辺りを歩き回っていると、下谷坂本町《さかもとちょう》からやってきた僧侶が、ふたりの男が寺町の奥に向かうのを見たと教えてくれた。その一帯を探ったところ、争っているふたりを見つけて駆け寄った。

だが、ひとりは夜陰に乗じて姿を晦《くら》ましてしまった。そこに、突っ立っている与五郎と浪人の死体があったという。

佐久間町の大番屋に着いた。大番屋では、昨夜に引き続き、与五郎から事情を聞いているところだった。

「青柳さま」

伊之助はほっとしたような顔を向けた。

「だめです。知らぬ存ぜぬの一点張りです」

「まあ、続けよ」

「はっ」

伊之助は再び与五郎と向き合い、

「もう一度、きく。ゆうべ、下谷坂本町の寺の裏で何があったのだ？」

「あの辺りを通りかかったら、いきなり賊に襲われたのです。賊は頰被《ほおかぶ》りをしていて顔はわかりませんでした」

「京三ではなかったか」

「わかりません。どうせ、単なる物盗りでしょう」

「死んでいた浪人は何者だ？」

「はい。あっしの用心棒のようなものです」

「なぜ、用心棒が必要なのだ？」

「仕事を世話した客から、話が違ったと苦情を受けることがあります。中には、乱暴を働く輩《やから》もいますので、つい用心棒を」

「なぜ、あそこを通ったのだ？」

「久し振りに吉原《よしわら》に行こうと思いまして」

「用心棒を連れて、吉原か」

「はい」

「新堀川を行く姿を見かけた者はそなたひとりだったという。浪人はどうした？」

「少し離れてついてきてもらいました」

「なぜだ？」

「用心棒連れでは、大仰になります」

「賊はほんとうに物盗りか。何か言っていなかったか」

「いえ、何も」

伊之助がため息をついた。

「替わろう」

剣一郎が声をかけた。

「はっ」

伊之助は場所を空けた。

剣一郎は与五郎の前に立った。

「そなた、いつも用心棒を連れて歩くのか」

「たまにです」

「昨日は何か胸騒ぎがしたのか」

「いえ、そういうわけではありません」

「久次郎、吾平と、そなたの昔の仲間が殺された。次は自分ではないかと思っていたから、用心棒を伴ったのではないか」

「いえ。久次郎と吾平のこととは関係ありません」

「昔、そなたたち三人に何かあったのではないか」

「いえ」

「十五年前、『上総屋』の娘おしんが庄吉という手代といい仲になり、家を飛びだしている。そなたは畳職人として『上総屋』に出入りをしていた。そうだな」

「はい。ですが、前も申し上げたように『上総屋』の内部のことは知りません」

「それより、博打の借金があったはずだが、どうやって返済したのだ？　それと、『宝生屋』をはじめた元手はどうした？」

「…………」

「与五郎。正直に言うほうが身のためだ。あとで、ほんとうのことが明らかになってからでは遅い」

「へえ」

「その金は『上総屋』から出ているのではないのか」

与五郎ははっと顔を上げ、

「違います」

「与五郎。よいか、京三はまたそなたを襲う。そなたにもかみさんと子どもがいよう。そなたの命はそなただけのものではない。よいか。まず、命を大切にせよ」

与五郎は肩を落とした。

「少し考えさせてください。まだ、考えがまとまりません」

「まだ、京三が手代の庄吉だということを受け入れられないということか」

「…………」

「いいだろう。そなたの周辺には町方が見張っている。決心がついたら、誰でもいいから声をかけよ」

「はい」

剣一郎は伊之助に、

「与五郎に考える時間をやるのだ。まだ、十分に事態が呑み込めていないようだ」

と、告げた。

「わかりました」

あとを伊之助に任せて、剣一郎は大番屋を出た。

建物の陰に佇んでいた男が近寄ってきた。

「青柳さま」

「太助か」

「はい。乳母の家がわかりました」

「そうか。よく、調べた」

「青柳さまの仰せのように、取上げ婆を訪ねました。六十近い婆さんでしたが、まだ達者で、『上総屋』のおしんのことを覚えていました。自分が取りあげた子のことはみな覚えているそうです」

太助はそう言ったあとで、

「乳母は亀戸《かめいど》村の百姓時蔵《ときぞう》の娘でおときと言ったそうです」

と、肝心なことを告げた。

「おときは若かったのか」

「はい。今でおそらく五十前ぐらいです」

「嫁に行って、そこにいるかどうかわからないが、ともかく行ってみよう」

五十

「へい」

太助は勇んで言う。

両国橋《りょうごくばし》を渡り、竪川《たてかわ》沿いを東に向かい、亀戸村にやって来た。

太助が畑に出ていた百姓に声をかけ、百姓時蔵の家をきいてきた。

「あそこの大きな樹が立っているところの家だそうです」

剣一郎は百姓家に近付いた。ちょうど、母屋《おもや》から野良着の男が出てきた。五十過ぎと思える年寄りだ。手に鍬《くわ》を持っていた。

剣一郎と太助を見て立ち止まった。

「おそれいります。時蔵さんの家はこちらですかえ」

太助が見当をつけて口にした。

「時蔵はわしの親爺《おやじ》だが……」

時助《ときすけ》と名乗った男は怪訝そうな顔をし、

「親爺ならもう亡くなっている」

「そうでしたか」

太助は頭を下げて、

「こちら、南町の青柳さまです」

と、引き合わせた。

「青痣与力……」

時助は目を丸くした。

「ちょっと訊ねたいことがある」

剣一郎は切り出す。

「おときという女子はいるか。若いころ、『上総屋』で、乳母をしていたと聞いている」

「妹です」

時助は頷いて言う。

「おときさんは今、どちらに？」

太助がきいた。

「柳島《やなぎしま》村に嫁いでます。法恩寺《ほうおんじ》近くです」

場所を聞き、天神川《てんじんがわ》沿いを亀戸天満宮《てんまんぐう》のほうに向かった。きょうも晴れていて、もう何日も雨は降らない。西の空を見ても、雨を降らすような雲は見当たらなかった。

天神橋を渡り、法恩寺の伽藍《がらん》を前方に見ながら柳島村に到着した。

ここでも太助が走り回って、おときの嫁ぎ先を見つけてきた。

「あの百姓家ですね」

太助は藁葺《かやぶ》き屋根の家を指さし、すぐに駆けだした。

入口に立って奥に向かって叫んでいる。剣一郎が近付いたとき、薄暗い土間から白髪《しらが》が目立つ女が顔を出した。

「おときさんですかえ」

太助がきく。

「はい」

おときの目が剣一郎に向いた。

「南町の青柳さまです。ちょっと、『上総屋』の娘のおしんのことでお訊ねしたいのですが」

「おしんさま」

おときは目をぱちくりさせた。

「中にお入りになりますか」

「いや。長い時間はかからぬ。ここでよい」

剣一郎は言い、

「そなたはおしんの乳母をしていたというが、間違いないか」

と、確かめた。

「ええ。三十年以上も前のことになります。それが何か」

浅黒い顔は皺《しわ》が多いが、艶《つや》はいい。

「乳母をやめたあとも、付き合いはあったのか」

「はい。大旦那がいらっしゃる間は、年に何度か、お呼ばれをしていました」

「では、おしんが手代の庄吉といい仲になって家を飛びだしたことは知っているな」

「はい。びっくりしました」

「半年余りあとに、おしんが『上総屋』に戻ってきたそうだが？」

「はい。そうお聞きしました」

「『上総屋』に戻ったおしんが、その後、どうしたか知らぬか」

「いいえ、知りません」

「そなたが、預かったということは？」

「いいえ。私は帰ってきたおしんさまに会っていません」

「会っていないのか」

「はい。おしんさまが帰ってきたと風の便りに聞き、『上総屋』にお会いしに行きました。でも、大旦那さまは親戚に預けたと仰いました。どこの親戚か教えてくれないので、心当たりの『上総屋』の親戚を訪ねました。でも、どこにもいらっしゃいませんでした」

「おしんを預かった親戚はいないというのだな」

「はい」

「そのことで、どう思ったのだ？」

「ほんとうに、おしんさまは帰って来たのかと……」

「おしんは『上総屋』に帰っていないと思ったのか」

「はい。大旦那さまの言い方もどこかおかしかったのです。大旦那さまは嘘をついていると思いました」

「そなたは、おしんはどうしたと？」

「…………」

「どうした？」

「はい。もうお亡くなりになっているのではないかと……」

おときは目をしょぼつかせた。

「おしんは親戚に預けられたのちに亡くなったと聞いたが、すでに亡くなっていたのではないかと言うのだな」

「はい」

「おしんのことをきいたのは大旦那、先代からだけか。婿になった番頭の沢太郎は知らなかったのだろうか」

「はい。番頭さん、いいえ、もうそのときは『上総屋』の主人になっていましたが、沢太郎さんも、帰ってきたおしんさまには会っていないと仰っていました」

「そうか。庄吉が亡くなって戻ってきたおしんを親戚に預けたというのも先代がひとりで言い触らしていただけのようだな」

「そうだと思います。もしかしたら、おしんさまは庄吉さんといっしょに亡くなったのではないかと思いました」

「いっしょに？　そうか、そなたは庄吉とおしんが心中をしたのではないかと考えたのだな」

「はい。何不自由なく育ったおしんさまが手代の庄吉さんといっしょになっても暮らしてはいけなかったのではないか。それで、心中を」

「なるほど。だから、先代はそのことを世間に隠すために、おしんは親戚に預けたのちに死んだことにしたというわけか」

「はい」

いちおう筋は通っている。乳母をしていたおときだからこそ、そこまで考えが及んだのかもしれない。

だが、心中ではない。与五郎たちが絡んでいるのだ。

「青柳さま」

おときが怪訝そうに、

「なぜ、今ごろ、おしんさまのことを?」

と、きいた。

「不審に思うのも無理はない。だが、たいした理由ではない。今になって、おしんがどうしたのか、あることで調べることになったのだ」

剣一郎は苦しい弁明をした。

二

ようやく陽が落ち、強い陽射しから逃れることが出来た。草いきれでむっとする墓地へ、京三は足を踏み入れた。

この時間では誰も来ないだろうと思いつつも、常に周囲に目を配った。

谷中にある天正寺だ。京三は墓石の間を縫《ぬ》い、『上総屋』の墓までやって来た。先祖代々の墓石に刻まれた忌日《きにち》をみると、おしんが死んだのは自分が与五郎たちに襲われたときから半年後だ。

木更津の博徒の家で傷の養生をしているときだ。

京三は墓石の前で手を合わせ、

「おしん、教えてくれ。俺が与五郎たちに襲われたあと、何があったのだ？」

と、問いかける。

「与五郎は子どもが生きていると言っていた。庄助はどこかで生きているのか」

ゆうべ、邪魔が入らなければ庄助の居場所をきかせたかもしれない。改めて、与五郎に問い質したいが、町方が待ち構えていると考えねばならない。

与五郎はすべてを話したかもしれない。俺が庄吉だということもすべて明らかになった可能性も考えるべきだ。

与五郎に会いに行けない今、頼るのはおしんだ。

「おしん、庄助は生きているのか。生きているなら、どこにいるんだ？」

答えるはずはない。それでも、京三は呼びかける。

「幽霊でもいい。出て来て教えてくれ」

京三はずっと訴えた。

辺りはだいぶ暗くなってきた。背後で、かさっという音がした。京三ははっとして振り返った。

年寄りが近付いてきた。僧侶ではない。箒《ほうき》を持っている。墓守《はかもり》か。

「ずいぶん、長い間、拝《おが》んでましたね」

年寄りが声をかけてきた。

「へえ、すみません」

「謝る必要はありませんぜ。そんなに熱心にお参りされて、お墓のお方も仕合わせってもんです。ずっと墓を守ってまいりましたが、そんな熱心に拝んでいるお方ははじめてかもしれません。どなたかに？」

「へえ。ちょっと」

京三はふと思いついて、

「ここに刻まれている孝助《こうすけ》ってどなたなんでしょうね」

墓石のおしんの横に刻まれている名を指さした。おしんの半年ほど前に死んだことになっている。

墓守の年寄りは墓石に顔を近づけて、

「これですか。可哀そうに、死産された子どもですよ」

「えっ、子ども？」

京三はどきっとした。

「『上総屋』とどういうつながりかわかりませんが、この墓にひっそりと埋葬《まいそう》された。立ち会ったのは、今の『上総屋』の旦那だけでした」

「今の旦那っていうと、番頭だった沢太郎さんですかえ」

「そうです。そのときはもう婿に入ってましたがね」

「いったい、どういうことですかねえ」

「まあ、勝手に想像すれば、今の旦那がどこかの女に産ませた子が死産だったんじゃないかって思うんですがね。まあ、そんな詮索《せんさく》してもしかたないので……」

「死産……」

京三の頭の中がぐるぐるまわりだした。何かが閃《ひらめ》きかけては消えるのを繰り返した。

「すっかり暗くなってしまった」

墓守が呟く。

「すみません。長居をしてしまって」

「いや。誰にだって、いろいろな事情がありますからね」

「へい。じゃあ、失礼します」

京三は墓地を抜け、本堂の脇を通って山門に向かった。

おしんが家を飛びだしたあと、先代は親戚の娘を養女にし、沢太郎を婿にした。そして、ふたりの間に子が出来た。

だが、死産だった。そのことを隠し、子どもをひっそりと葬った……。なぜ、周囲に隠したのか。

京三はあっと思った。庄助だ。代わりに、庄助が必要だったのだ。庄助なら、おしんの子であり、『上総屋』の血が流れている。

京三は握り締めた拳《こぶし》を震わせた。

先代は庄助を奪うために、与五郎を雇ったのだ。だんだん、あの襲撃の背景が見えてきた。

与五郎たちは庄吉を川に放り込んだあと、おしんと庄助を『上総屋』に連れて行った。だが、抵抗したおしんを……。

京三は思わず呻いた。


翌日、京三は『上総屋』の近くにある小間物屋に入った。櫛《くし》を見繕《みつくろ》いながら、主人に『上総屋』の話題を持ち掛けた。

「それにしても、『上総屋』は繁盛していますねえ」

「番頭上がりの旦那が遣《や》り手ですからね」

「子どもは何人いるんですかえ」

「ふたりじゃないですか。男の子ですよ」

「上は幾つぐらいで？」

「十五歳、下は十歳ぐらいですかねえ。下の子はよく女中をお供に私塾だとか習い事などに行く姿を見かけます」

「上の子は？」

「六歳ぐらいから、下谷広小路にある足袋問屋に奉公に出ていたようです」

「奉公に？」

京三は胸が痛んだ。

「でも、最近、奉公を終えて帰ってきたようです。一度、見かけました」

「そうですかえ。あっ、これにします」

「へい、ありがとうぞんじます」

京三は蜻蛉《とんぼ》模様の象牙の櫛を選んだ。少し値が張ったが、おしんが好きそうな図柄だった。

櫛を懐に、京三は小間物屋を出た。そして、『上総屋』のほうに足を向けたとき、松吉といっしょに十五歳ぐらいの若者が出てきた。

きりっとした身形《みなり》は奉公人とは思えないが、松吉のほうが威張《いば》っているようで、何かと指図をしている。

——庄助ではないか。

そんな気がした。京三はふたりのあとを見送った。その先に、町方らしい男を見て、通行人の背中に隠れるようにして路地に入った。

今の若者が庄助かどうか、確かめたいと思った。そういう目で見れば、おしんにどこか似ていた気がする。

先代は『上総屋』の将来の跡継ぎとしておしんの子を充てようと、庄助を奪ったのだ。だが、それから五年後、沢太郎と今の内儀の間にまた子どもが出来た。沢太郎にとっては実の子だ。先代が亡くなって、沢太郎は言いつけを守る必要はなくなった。

跡継ぎに我が子を充て、目障《めざわ》りな庄助は奉公に出した。京三は沢太郎の考えが手にとるようにわかった。

「京三さん」

いきなり声をかけられ、京三ははっとした。

「伊勢蔵か」

煙草売りの姿をした伊勢蔵だった。

「いよいよ、やるぜ」

「いいだろう」

庄助が継げる店ではない。焼けても、影響はない。

「いつだ？」

「乾《いぬい》（北西）の風次第だ。火付けの長屋から『上総屋』のほうに風が吹いた日に決行だ」

「わかった」

すぐ伊勢蔵は離れて行った。

京三は新堀川までやってきた。もう、『久野屋』には戻れない。町方が張っているはずだ。

いったん、新たな隠れ家にした稲荷町のしもたやの二階に帰った。隠居した年寄り夫婦がひっそりと暮らしている家だ。

家賃を倍出すというと、二つ返事で部屋を貸してくれた。

京三はその部屋で暗くなるまで待った。


暗くなって、京三はしもたやを出た。

下谷七軒町から三味線堀を抜けて、神田佐久間町の『宝生屋』の近くにやってきた。

町方が京三を待ち構えているに違いない。だが、どうしても、与五郎を問い質したいのだ。

京三は周辺を確かめる。町方が『宝生屋』の脇の路地にひとり、向かいの炭問屋の脇にひとりいるのがわかった。

京三は炭問屋の裏から脇の道に入り、見張っている男に背後から飛び掛かり、口を手拭いで塞《ふさ》ぎ、ぐいと首を絞めた。

倒れた男を抱え上げ、裏手の原っぱに放り投げた。次に、大回りをして『宝生屋』の裏に行き、同じように見張っている男に背後から飛び掛かった。

ふたりとも気絶しただけだ。抵抗されたら、匕首で殺すつもりだったが、ふたりとも呆気なかった。

京三は堂々と『宝生屋』の表にまわり、潜り戸を叩いた。

「誰でえ」

覗き窓から男が覗いた。

「与五郎の知り合いだ。与五郎を呼んでもらいたい」

「待ってろ」

男は引っ込んだ。

京三は後ろを見る。応援の見張りはまだやって来ない。

与五郎が出てきた。

「庄吉か。大胆だな」

緊張した声で言う。

「心配するな。今夜は襲わぬ」

京三は早口で言って、土間に入った。与五郎の手下が集まってきた。

「みんな、奥に行っていろ」

「でも」

「心配ない。それから、潜り戸を閉めておけ」

「へい」

手下のひとりが潜り戸を閉めた。

その手下が奥に引っ込み、土間にふたりきりになってから、京三は口を開いた。

「俺の子どもは生きていると言ったな。『上総屋』の十五歳の長男がそうか」

「そうだ」

与五郎は隠すことなく頷いた。

「先代に頼まれたのか」

「沢太郎の子どもが死産だった。それで、おめえたちの子どもに、先代が目をつけたんだ」

「俺たちを襲ったのは、子どもを奪うためか」

「大事な娘を誘惑したおめえへの恨みを晴らすという先代の狙いもあった」

「俺を襲ったあと、おめえたちはおしんを殺し、子どもを奪ったのか」

「おしんさんは殺しちゃいねえ」

「では、おしんと子どもを『上総屋』に連れて行ったのか」

「そうだ。それが、先代から頼まれたことだからな」

「子どもは『上総屋』が引き取った。おしんは？」

「あとは知らねえ。先代がやったことだ。ただ、半年後におしんさんは死んだと聞いた」

与五郎は苦笑してから、

「おめえが生きていたなんて……」

と、呟くように言う。

「もう一度きくが、おしんを手にかけたわけじゃないんだな」

「当たり前だ。いくら家を飛びだしたとはいえ、先代の実の娘だ。殺せと命じるわけはない。殺せと命じたのはおめえだけだ」

与五郎は冷たく言う。

「おしんはなぜ、死んだのか聞いてないか」

「先代は病気だと言っていたが、自害だろうぜ。亭主と子どもをいっぺんに奪われたんだ。生きている張り合いなんてなかったはずだ」

確かに、そうだろう。おしんは寂しく死んで行ったのだ。

「先代をはじめ、皆は俺が死んだと思っていたんだな」

「そうだ。まさか、十五年経って、庄吉が現われるなんて想像もしなかったぜ」

与五郎は蔑むような目を向け、

「おめえはこれからどうするんだ？　息子に名乗って出る気か。ひと殺しの鬼がおまえのほんとうのおとっつあんだと名乗るか」

「…………」

「そうよな。今さら名乗れるわけはねえ」

与五郎は冷笑を浮かべ、

「俺をまだ狙うつもりか。おめえの人生を狂わせたのは先代だ。いや、もっと言えば、おまえが主人の娘に手を出したのがいけねえんだ。自業自得《じごうじとく》だ」

「だが、おめえはそのおかげでいい思いをしてきた。こんな店を持てる元手まで出してもらったんじゃねえのか」

京三は汚いものを見るように顔をしかめた。

「それにしても、ここに乗り込んでくるとは呆れたもんだぜ。さっきは大胆だと言ったが、訂正だ。ばかだ。わざわざ敵陣に乗り込んでくるとはな。おい」

与五郎が叫ぶと、手下がいっせいに現われた。

「やはり、てめえは汚え野郎だ」

「何とでも言うがいい。ここで、おめえを殺してもやむを得ないということになろうぜ」

そのとき、戸が激しく叩かれた。

「おい、開けろ。南町だ」

「ちっ」

与五郎が舌打ちをし、手下に目配せをした。

手下のひとりが潜り戸まで行き、

「親分さん。何かあったんで？」

「見張りの姿が見えねえんだ。いいから、開けろ」

「へい、ちょっとお待ちを」

手下は与五郎に確かめる。

「しかたねえ。こいつを殺してしまおうと思ったが、町方に引き渡すか。よし、開けろ」

「へい」

手下が潜り戸を開けた。

京三はその隙をとらえ、匕首を抜いて与五郎に向かって突進した。

その刹那《せつな》、与五郎は恐怖に引きつった顔をした。匕首の刃が与五郎の脾腹に突き刺さった。手下たちも一瞬、何が起きたのか理解出来ないようだった。

潜り戸から岡っ引きの千蔵が入ってきた。すかさず、京三は潜り戸に向かって駆けた。千蔵を突き飛ばし、外に飛びだした。

「おい、そいつを逃がすな」

千蔵が怒鳴った。

戸の前で、ふたりの町方の者が立ちふさがった。

「どけ」

匕首を振り回して、突破する。

「待ちやがれ」

千蔵の声とともに複数の足音が追ってきた。

京三は路地をいくつも曲がり、神田川に出てから暗闇の中を走った。追手を振り切ったが、「ひと殺しの鬼がおまえのほんとうのおとっつあんだと名乗るか」という与五郎の声がどこまでもついてきていた。

三

翌日の昼過ぎ、剣一郎は『宝生屋』に赴き、与五郎が寝ている部屋に行った。ゆうべは高熱を発し、危険な状態だったようだが、今は目を開けていた。もともと、頑丈な体だったようだ。

「与五郎、口をきけるか」

剣一郎は枕元に座って顔を近づけた。

「へえ」

「喋るのはつらいだろうから、わしがいうことがあっているか、間違っているかを教えてもらいたい」

「へえ」

「まず、昨日、そなたを刺したのは京三に間違いないな」

「へい」

「京三とは『上総屋』の手代庄吉だな」

「へい」

「久次郎、吾平を殺ったのも京三だな」

「へえ」

「なぜ、京三はおまえを含め三人を狙ったのか。復讐だ。どうだ?」

「へい」

与五郎は苦痛に顔を歪めて答える。

「庄吉といっしょになったおしんが、家出から半年余り後に、庄吉が死んだからという理由で『上総屋』に帰ってきたというが、そなたたちが先代から頼まれ、庄吉と引き離し、おしんを連れ戻した。どうだ」

「そうです」

与五郎は苦しさを堪えながら、

「連れ戻したのはおしんさんと子どもです」

と、口にした。

「子どもだと? おしんと庄吉の間に子どもがいたのか」

「はい。先代から、おしんの子どもを『上総屋』で引き取るというので、あっしら三人で浜松町の長屋に押しかけ、庄吉を殺して川に捨て、おしんさんと子どもを『上総屋』に連れ戻しました」

「では、『上総屋』の十五歳の子はおしんと庄吉の子か」

「はい」

与五郎の息が荒くなってきたので、

「与五郎。ごくろうだった。少し休むがよい」

「はい」

与五郎は目を閉じた。


剣一郎は『宝生屋』を出た。

風が出てきた。乾（北西）の風だ。もうひと月以上、雨が降らない。雨は五月の梅雨《つゆ》までお預けか。

風が出てきたので、火事には気をつけねばならない。そのことから、火消しの『と』組を思いだし、浅草黒船町に向かった。

『と』組の土間に入ると、火消し連中は人足半纏を着ていた。

頭の大五郎が板の間に控えていた。

「青柳さま。用心のために支度だけは整えてあります」

「ごくろう」

剣一郎はすぐに話題を移した。

「吾平殺しの下手人がわかった」

「ほんとうですかえ。いってえ、誰なんですね」

大五郎が顔色を変えた。

「京三という男だ」

「京三?」

大五郎が小首を傾げた。

「十五年前、田原町の『上総屋』にいた庄吉という手代を知らないか」

「庄吉……。確か、『上総屋』のお嬢さんといっしょに逃げたっていう手代では?」

「そうだ。先代はそのことで怒り、おしんと引き離し、庄吉を叩きのめすように三人の男に命じた。その三人は庄吉を殺し、おしんを『上総屋』に連れ戻した」

剣一郎はあえて子どもがいたことには触れなかった。

「庄吉を殺した三人のうちのひとりが吾平だ」

「なんですって。兄貴が？」

そばで聞いていた火消しのひとりが驚いたようにきいた。

「あのころ、吾平は博打で大負けをして借金があったそうだ。同じように借金まみれの三人が『上総屋』の先代から金で雇われたというわけだ」

「そうかもしれねえ」

大五郎は腕組みをし、

「確かに、吾平は賭場に出入りをしていた。借金で首が回らなかったんだ。ところが、あるときから、すっきりしていた」

「じゃあ、吾平兄貴を殺ったのは庄吉の仲間ですかえ」

火消しのひとりがきいた。

「いや、死んだはずの庄吉は奇跡的に生きていた。一端《いっぱし》の悪に生まれ変わったのだ。そして、今は京三と名乗り、三人に復讐を果たしたというわけだ」

「では、本井家の火消しの仕業じゃなかったんですね」

「そうだ。本井家の火消しは関係ない」

「そうですか。うちの奴らはやはり腹の底で本井家の火消しを疑っていたんです」

「そうか。本井家の火消しの疑いが晴れたところで相談がある」

「なんでしょうか」

大五郎がきき返す。

「本井家の火消しがなぜ、『と』組に敵愾心《てきがいしん》を持っているのか、わかるか」

「それはいつも我らに先を越されているからじゃありませんか」

「それもある。それより、もっと大きいのが火消しといえば町火消しという世間の見方だ。今や、大名火消しや定火消しは町火消しに押され、影が薄い。妬みとともに焦《あせ》っているのだ。確かに、問題は向こうにある。だが、妬みを持った連中が火事場に現われたのでは消火の妨《さまた》げになる」

「そのとおりです。いっそ、出てこないでもらいてえ」

大五郎が口許を歪めた。

「頭。一度、相手に花を持たせてやったらどうだ」

「なんですって」

「町火消しの矜持《きようじ》もあろう。よくわかる。それがあるから火事場で命を張れるのだろう。だが、今度もまた火事場で喧嘩になれば、困るのは火事に巻き込まれた者たちだ」

「青柳さま。なぜ、向こうの火消しに素直になれと言ってくださらないんですかえ」

　大五郎は剣一郎に異を唱えた。

「そうすれば、向こうはますます依怙地《いこじ》になろう。なぜ、そなたたちに言うのかといえば、火消しとしての力量はそなたたちのほうが上だからだ。だが、そのことに、相手は反発している。なぜだ？」

「なぜって、向こうの心の狭さではありませんかえ」

「そればかりではあるまい」

「えっ？」

「そなたたちには、相手を屈伏《くつぷく》させるだけの何かが足りないのだ。その何かとは、余裕だ。心の余裕だ。消し口をとる。そのことばかりが頭にあり、余裕がない。常に一番になろうとする。それは決して悪いことではない。だが、そればかりが先走って、何か肝心なことを忘れてはいないか」

「よくわかりません」

「そなたたちはどのように火を消すのだ？」

「どうするって、火が出た家のまわりの家を壊して燃えるものをなくし、延焼を防ぐ。そういうことでございます」

「そのとき、壊される家の持主の気持ちを慮《おもんぱか》ったことがあるか。確かに、壊さなければいずれ燃えてしまう運命であろう。だが、その家の持主からしたら、その前で火事を消し止めてもらいたいと思うのではないか」

「お言葉ではございますが、火事を食い止めるにはそれしかございません」

「そうだ。それしかない。つまり、火消しと言えど、火を消すことは出来ず、延焼を食い止めることしか出来ぬ。まず、そのことを自覚すべきではないのか」

「…………」

「家を壊される者の身になって消火活動を行なう。そういうことから何か新しいものが見えてくるはずだ。家を壊して消火をする。それを当たり前と思っているが、もっと何か手立てはないか」

「…………」

「家を壊す消火ゆえ、火消しは鳶の者が適任だ。だが、もっと新しい消火方法が見つかれば、場合によっては鳶ではなくても出来るようになるかもしれない。常にそういうことを考えておくことも必要ではないか」

剣一郎は言葉を切り、

「いや、えらそうなことを申した。許されよ」

剣一郎は『と』組を辞去した。


黒船町から田原町に向かう。風はさっきより強くなったようだ。

『上総屋』にやってきた。店先に番頭らしき男が立っていた。剣一郎が顔を出すと、青痣を見て、

「青柳さまで」

と、すぐに応じた。

「うむ。主人に会いたい。いるか」

「はい。さっき帰って参りました。どうぞ、こちらでお待ちください」

番頭は土間の端の人気《ひとけ》のないところに案内したあと、座敷に上がり、長い暖簾《のれん》をかき分けて奥に行った。

しばらくして、恰幅《かっぷく》のいい男がやってきた。

「上総屋でございます」

「大事な話がある」

「大事な話？」

一瞬、沢太郎は眉根を寄せたが、すぐ穏やかな表情に戻り、

「では、お上がりください」

と、勧めた。

「失礼する」

刀を腰から抜いて座敷に上がった。

庭に面した部屋に通された。

差し向かいになってから、剣一郎は口を開いた。

「昨夜与五郎が刺されて重傷を負った」

沢太郎は息を呑んでいる。

「刺したのは京三という男だ。京三とは実の名ではない。十五年前までは庄吉と名乗っていた。『上総屋』の手代だった庄吉だ」

「えっ。どういうことでございますか。庄吉は死んだと聞いています」

「誰から聞いた？」

「先代からです」

「家を出て行ったおしんが、庄吉が死んで帰ってきたというのは嘘だ。そなたは

知っているはずだ」

「何をでございましょうか」

沢太郎は不安そうな顔をした。

「久次郎、吾平、そして与五郎の三人が、浜松町にある庄吉の住まいに押しかけ、庄吉を殺し、おしんと子どもを『上総屋』に連れ戻した。その子どもがそなたの長男だな」

沢太郎は目を見開いて驚愕した。

「庄吉は生き返ったのだ。そして、復讐の鬼と化し、十五年振りに舞い戻った」

「………」

沢太郎は顔を青ざめさせた。

「次の狙いはそなたかもしれぬ」

「私は何もしていません」

「しらを切るのか」

「いえ、ほんとうです。私は先代に気に入られ、おしんさんの婿になることになってました。ところが、おしんさんが庄吉と出来て店を出てしまいました。おしんさんは身籠もっていたので、お店に残ることが出来ないと思ったのです。先代は親戚の娘を養女にしたあと、私を婿にしてくれました。私たちに子どもが出来たのですが、死産でした。それがきっかけなのか、先代はおしんさんの子どもを私たちの子として育てるように命じたのです。しばらくして、私たちのところに赤子がやってきました。何があったのか、薄々感づいていましたが、先代にきくことは出来ませんでした」

「偽《いつわ》りではあるまいな」

「はい。ほんとうです」

「おしんは連れ戻されて半年後に亡くなったらしいが、それまでどこにいたのだ？」

「私も知りません」

沢太郎は首を横に振った。

嘘をついているようには思えず、また今さら嘘をつく必要もない。

「そなたの言うことが事実なら、京三がそなたに復讐する理由はないことになる」

「はい。ですが、私は番頭のとき、いつもお嬢さまのお供をしている庄吉に嫉妬をし、かなりつらく当たっていました」

「いや、女房と息子を奪われたことから比べたら、そのようなことは些細《ささい》なことだ。ただ、与五郎たちに命じたのが、先代とそなただと思い込んでいるかもしれぬ」

「……………」

「よいか。夜の外出を控え、昼間でもひとりで歩き回るのは避けよ」

「はい」

「おしんの墓はどこだ?」

「谷中の天正寺です。『上総屋』の菩提寺です」

「わかった」

剣一郎は立ち上がった。

『上総屋』を出て、下谷の方に歩きはじめたとき、すっと近付いてくる男がいた。太助だった。

「青柳さま。また、いつぞやの男がいたんで、あとをつけたんですが、仲間がいて尾行出来ませんでした」

「いつぞやの男?」

「へい。煙草売りの姿で、『上総屋』を窺っていたんです。きょうは着流しで、連れがいました」

「連れはひとりか」

「はい。ですが、離れたところにふたり」

「四人か」

「はい」

「京三の仲間かもしれぬな。千蔵に会い、そのことを話しておくんだ。それから、『上総屋』周辺に見張りを立てるようにと。必ず、京三が現われる」

「わかりました」

太助と別れ、剣一郎は谷中に向かった。


半刻（一時間）後、剣一郎は天正寺の『上総屋』の墓所の前に佇んでいた。

おしんの命日が墓石に刻まれている。おしんは『上総屋』に連れ戻されたあと、どこかに預けられ、そこで死んだのだ。

病死か自害か。

ふと、誰かが近付いてきた。

「これは青柳さまでは」

声をかけてきたのは墓守の年寄りだ。

「ひょっとして、一昨日の男のことで？」

「一昨日の男？」

「へえ。三十半ば過ぎの鋭い顔つきの男がここに長い時間佇んでいました」

「声をかけたのか」

「へい」

「何か言っていたか」

「孝助って子どものことを気にしていました。死産だと言うと驚いてました。埋葬に立ち会ったのは、今の『上総屋』の旦那だけだったと教えてやると、考え込んでいました」

墓守はふと思いだしたように、

「でも、あの男はおしんさんの知り合いのようでした。手を合わせながら、おしんさんの名をぶつぶつ言ってましたから」

「そうだ。おしんの知り合いだ」

「それにしても、ずいぶん、寂しそうな男でしたね。背中には孤独が滲《にじ》み出てましたぜ。まるで、黄泉の人間のようでした」

「そうかもしれない。一度はあの世に行った人間だ」

剣一郎が言うと、墓守は啞然としていたが、やがて納得したように頷いた。

「おしんがどこで、どうやって死んだのか。住職は『上総屋』の先代から聞いていないだろうか」

「さあ、わかりません」

「住職に会いたい。案内してもらおうか」

「へい」

剣一郎は墓の前から離れた。ようやく、夕暮れが訪れようとしていた。

四

暮六つ（午後六時）の鐘が鳴りはじめた。

稲荷町にあるしもたやの二階で、京三は身支度を整えた。晒《さらし》を腹にきつく巻き付け、唐桟縞の着物を着て懐に匕首を呑む。

梯子段を上がってくる足音がして、和助が顔を覗かせた。

「京三さん。伊勢蔵兄いたちは五つ（午後八時）に中間部屋を出立するってことです」

「よし、わかった。俺もそのころに出る」

「へい。じゃあ、伊勢蔵兄いに知らせてきます」

和助は梯子段を下りて行こうとした。

「待て」

京三は呼び止めた。

「へい」

「おめえはこのままどこかに失せろ」

「えっ？」

和助は目を剝いて、

「何を言い出すんですかえ」

と、言い返した。

「今夜の押込み、うまくいかねえ。いやな予感がするのだ」

「いやな予感ですって」

和助は鼻で笑い、

「京三さん、どうしたっていうんですかえ。京三さんらしくありませんぜ」

「確かにそうだ。自分でもそう思う」

京三は苦笑したが、胸に焼けつくような痛みが走った。

伊勢蔵たちが襲おうとする『上総屋』に庄助がいるのだ。死んだとばかり思い込んでいた庄助が生きていた。

沢太郎は実の子の弟を可愛がり、庄助は丁稚奉公に出して、かなり贔屓《ひいき》に違いはある。それでも、庄助は『上総屋』の子として育ってきたのだ。

「和助、よく聞け」

京三は厳しい口調になり、

「もし、今夜、失敗したらみな獄門だ」

と、言い切る。

「獄門」

和助ははっとしたようだが、すぐ顔を歪め、

「捕まりっこねえ」

と、自信を覗かせた。

「なぜ、そう言えるのだ？」

「なぜって、伊勢蔵兄いが失敗するはずはねえと自信を持っているんだ」

「それだけか?」

「えっ?」

「理由はそれだけか」

「……………」

「俺は自信がねえ。いやな予感がする」

「どういうことだ?」

「じつは俺は与五郎のあとに『上総屋』の主人を狙おうとしていた。町方はそのことを察知して『上総屋』の周辺で待ち構えている。そこにのこのこ出て行ったらどうなると思うのだ?」

「そんな。じゃあ、なぜ、伊勢蔵兄いに言わないんだ?」

「言ってもむだだ。それより、伊勢蔵が計画通りやってくれたほうが、俺にとっちゃありがてえんだ。俺は沢太郎さえ殺れればいいんだからな」

「汚え」

「じゃあ、今からでも伊勢蔵に言ってやめさせるんだ」

「そんな……」

「いいか。このまま突っ走ったらみな獄門だ。おめえはこのまま、『久野屋』に帰れ。ふた親や近所の者に顔を見せ、事件と関わりないことを見せつけておけ」

「…………」

「伊勢蔵と手を切るいい機会だ。堅気になって、親爺さんに勘当を解いてもらうんだ」

「そんなこと出来ねえ」

「そうか。じゃあ、好きにしろ」

「ちくしょう」

和助は梯子段を駆け下りた。

伊勢蔵に知らせに行くのだろう。だが、伊勢蔵が諦めるかどうかはわからない。伊勢蔵のことだ。このまま突っ走るに違いない。

京三は間借りしている家を出た。

夜の早い時間なので、人通りもまだある。京三は顔を俯け、東本願寺の前を通り、田原町にやってきた。

まず、どこで町方が目を光らせているかを探らねばならない。京三は『上総屋』の周辺を歩いてみる。

思ったより、見張りの数が多いことに驚いた。警戒はかなり厳重だ。これでは踏み込めない。

やはり、伊勢蔵たちが火を放ってくれるのを待つしかなかった。京三は仕方なく、いったん駒形町に行き、駒形堂の境内で時を待った。

浅草寺《せんそうじ》の鐘が五つ（午後八時）を告げた。和助の話では、伊勢蔵たちはもう中間部屋を出るころだ。

あと四半刻（三十分）ほどで火が出るはずだ。

そう思ったとき、近くで半鐘が鳴った。早鐘だ。京三は境内を飛びだした。前方に炎が上がっているのが見えた。

黒船町のほうから纏と梯子持ちを従え、『と』組の火消しが火の手のほうに向かった。

京三は『上総屋』に向かう。通りは避難する住人でごった返した。悲鳴と怒声が入り交じり、辺りは騒然としていた。

『上総屋』に着くと、奉公人が大八車《だいはちぐるま》に足袋などの品物をたくさん積んで避難しはじめていた。

その混乱に乗じて、京三も土間に駆け込む。目の前に火消しの半纏を着た男がいた。

伊勢蔵の仲間だ。さすが手際よく、忍び込んできた。

京三は奥の部屋に向かった。主人の部屋の場所は昔と変わっていないはずだ。

そこに駆け込むと、頬被りをした伊勢蔵が沢太郎に匕首を突き付けていた。

「土蔵の鍵《かぎ》だ。出せ」

伊勢蔵が迫る。

「鍵は番頭さんが」

「嘘つくんじゃねえ。おい、連れてこい」

「離せ。何をするんだ」

保吉と他に二人の手下が若い男の首に匕首を突き付けて引っ張ってきた。庄助だ。

「鍵を出さねえと、こいつの命はねえ」

伊勢蔵が手下のひとりに沢太郎を預けると、庄助の心ノ臓に刃先を突き付けた。

「やめろ。出す。出すからやめてくれ」

沢太郎が悲鳴を上げた。

「さっさと出しやがれ」

庭の向こうの空は赤く燃え、火の粉も庭に落ちてきた。

「早くしろ。なにをもたもたしている。出さねえなら、こうだ」

伊勢蔵が匕首を突き刺そうとした。

「やめろ」

京三は伊勢蔵の手を掴んでひねった。

「てめえ、何をしやがる」

すかさず、庄助の腕を掴んでいた保吉ともうひとりの男を突き飛ばし、庄助を助け、沢太郎を押さえ込んでいた男の腹を蹴った。

「裏切りやがって」

伊勢蔵が京三に襲いかかってきた。体をかわし、伊勢蔵の腹に足蹴りを加えた。

うぐっと何かを吐いてうずくまった。

「早く逃げねえと、町方がくるぜ」

京三が言うと、保吉たちが伊勢蔵を抱え起こして部屋から逃げ出して行った。

「逃げろ」

どこかから声が聞こえる。『上総屋』の屋根に火が移ったのだろう。

沢太郎と庄助が立ちすくんでいた。

「庄吉……」

沢太郎が呆然と言う。

「おめえは行け」

京三は庄助に言う。

「逃げるんだ。このひとは私に用があるんだ」

「いやだ。おとっつあんを置いて逃げられない」

「おとっつあんだと」

「そうです。おとっつあんに何をする気ですか」

庄助は澄んだ目を向けた。庄助か。俺だ。おめえのおとっつあんだ。心の内で叫んだだけで、声にならない。

「ほんとうにおめえのおとっつあんなのか。いじめられているんじゃねえのか。小さいころから他の店に奉公に出されたんだろう。おめえが邪魔だから追い出したんだろう」

「違います。『上総屋』を継ぐための修業です。私には大事なおとっつあんです」

「庄……」

沢太郎が何か言いかけた。そのとき、庭から火消しが飛び込んできた。

「何をしている。火の手がまわった。早く、逃げろ」

天井が崩れかかった。

「逃げるんだ」

京三はふたりを守りながら庭に下り、外に飛びだした。

「待ってください」

途中で、庄助が立ち止まった。

「どうした？」

「算盤《そろばん》が」

「算盤だと？」

京三は驚いてきき返す。

「いい。諦めなさい」

沢太郎が言う。

「でも、あれは大事なもの。おとっつあんがずっと使っていたもの。一人前の商人になるようにと、私にくれたのです。あれは私の宝物」

「あんたが大事に使っていた、あの算盤か」

番頭の沢太郎が大事にしていた算盤を覚えている。

「そうだ。代々、『上総屋』を継ぐ者に許される算盤だ。残念だが、仕方ない」

「どこにある？」

「さっきの部屋の隣です。賊に襲われ、落としてしまったんです。とってきます」

「だめだ。おまえにもしものことがあってはたいへんだ。私が行く」

沢太郎が駆けだそうとした。

「待て。俺が行こう」

京三は言うや否や庭に戻り、池に飛び込んで体を濡らした。池を出て、燃えて崩れはじめた建物の中に入った。横で天井が崩れた。

さっきの部屋の隣は炎と煙に包まれ、部屋の中は見えなかった。京三は必死で探した。庄助のためだ。おしんと自分の間に生まれた子どものためだと思うと、どんな危険も厭《いと》わなかった。

南無三《なむさん》と、京三は炎と煙の中に飛び込んだ。熱風と煙で息ができなくなって、何度か気を失いそうになった。

畳に這いつくばって目を凝らす。どこにもなかった。ばりばりという音がして焼けた柱が倒れ、右足を直撃した。

激痛が走り、京三はのたうちまわった。転がって仰向けになったところに天井の一部が崩れて落ちてきた。

最後の力を振り絞って体を横転させ、懸命に立ち上がろうとしたとき、京三の手に何かが触れた。

布に包まれたものだ。算盤だ。そう思った瞬間、京三に気力が蘇《よみがえ》った。算盤を手に、新しく襲いかかった炎から逃れたものの、京三は愕然とした。

炎の壁が立ちはだかっていた。逃げ場が失くなった。後ろからも炎が迫ってきた。もう息もできなくなっていた。

「おしん、この算盤だけでも守ってくれ」

あの世にいるおしんに助けを求めた。

ふと家屋が崩れる音とともにひとの声が聞こえた。近くに誰かいる。

「ここだ」

京三は壁を叩き、声を限りに叫んだ。

すると、壁がどんどん崩れ、大きな穴が空いた。奇跡が起きたと思った。

京三は穴から出た。鳶口を持った火消しが壁を壊してくれたのだと思った。

「だいじょうぶか」

町火消しが京三を助け起こした。

「『上総屋』の旦那に」

京三は気を失いそうになった。町火消しが抱きかかえて、どこかに連れて行ってくれた。

霞《かす》んだ目に、沢太郎と庄助の顔が見えた。

「庄吉」

沢太郎が駆け寄った。

「これ」

京三は庄助に算盤を渡した。

「おじさん、ありがとう」

「中はどうだ？」

庄助は布袋から中身を出した。

「あっ、無事です。ほれ、おとっつあん」

庄助は沢太郎に算盤を見せた。

「よかったな。庄助」

沢太郎が言った。

（庄助……）

京三は耳を疑った。

庄助は俺とおしんとでつけた名だ。『上総屋』に引き取られたあとでは、当然名を変えられていると思った。

「庄助さんと仰るんですか」

京三はきいた。

「はい。庄助です」

若々しい声で答える。

「庄吉」

「旦那。もういい。もういい。これで十分だ。これで、俺も今までの苦しみから解放された思いがする」

京三は庄助を見つめ、

「庄助さん。きっと立派な商人になってくださいな」

「はい。おじさんが命を賭して守ってくれたこの算盤に誓ってもきっと『上総屋』を立派に守っていきます」

「『上総屋』の建物は燃えてしまいましたが、また再建します」

沢太郎が応じた。

「あっ、おとっつあん。うちの屋根に纏が」

「あれは『と』組じゃねえ」

京三が呟く。

「本井家の各自火消しだ」

沢太郎が言う。

「さっき、俺を助けてくれたのは『と』組の者だったが」

『上総屋』の周辺の建物がどんどん壊されて、だんだん炎が小さくなっていた。

五

『上総屋』の屋根に上がった纏を、剣一郎は『と』組の頭大五郎と並んで見上げていた。

炎が迫った『上総屋』の前で、消し口を求めて『と』組と本井家の火消しがぶつかり合った。だが、『と』組の纏持ちは相手に消し口を譲って引き下がったという。

「大五郎、礼を言うぞ」

「とんでもない。これも青柳さまのおかげ。この火事が思った以上に早く消火出来たのも、各自火消しと力を合わせられたからです。こっちが相手を立てたら、向こうもこっちを立ててくれたようです」

「そういうものだ」

「確かに、火事と喧嘩は江戸の華と粋がっていましたが、火事場での喧嘩は火消しの恥かもしれません」

「ともかく、火事はじきに鎮火《ちんか》しそうだ。ご苦労だった」

　剣一郎は言ってから、

「あとは出火の原因だ」

　そこに、千蔵が駆けつけてきた。

「青柳さま。『上総屋』の奉公人が、火事のどさくさに紛れて盗っ人が忍び込んだと言っています」

「よし」

　京三かもしれないと、『上総屋』の主人を捜した。

辺りは逃げまどう人々でごった返していた。幼子を抱いた女が顔を煤だらけにして避難してきた。

剣一郎はその母子を安全な場所に連れていってから、

「上総屋はどこだ？」

と、目に入った火消しにきく。

「わかりません」

火消しはあわただしく言う。

「青柳さま。諏訪町《すわちょう》です」

またも太助が現われた。

「よし」

『上総屋』の者たちが避難した諏訪町にある商家に行くと、沢太郎が待っていた。

「青柳さま。いろいろお話が」

他聞をはばかるように、沢太郎は言う。

「わかった」

「どうぞ、こちらに」

沢太郎はその商家の離れに向かった。

男が横たわっていた。

「京三ではないか」

「はい」

刀を外して、剣一郎は部屋に上がった。

「青柳さま」

京三が弱々しい声で言う。

「どうした？　だいぶ火傷を負っているようだな」

「へえ」

「じつは、私たちは京三さん、いえ庄吉さんに助けていただきました」

沢太郎が口を開いた。

「よし。聞こう」

沢太郎の話を、剣一郎は最後まできいた。

京三が庄助のために火事場に戻ったことに、剣一郎は胸を打たれた。

「しかし、無茶だ。運がよかっただけで死んでいたかもしれぬ」

「子どものために死ねるなら本望です」

「そなたは人間の心を取り戻したな」

「青柳さま。あっしはすっきりしました」

京三が続けた。

「長い間、あっしは霧の中を彷徨《さまよ》っていたような気がします。その霧が晴れて、ほんとうの姿が見えてきたんです」

剣一郎は京三の目を見つめ、

「そなたの恨み、憎しみ、いやさらにいえば悲しみも、すべて解消されたというのか」

と、確かめる。

「はい。沢太郎はあっしの子どもを実の子のように慈《いつく》しんでくれていたんです。生きていただけでもよかったのに、あんなに大事にされて」

「先代の言いつけです。どうしても、おしんさんの子に『上総屋』を継がせたいと仰って」

沢太郎が答える。

「でも、先代が亡くなっても、その言いつけを守ってくだすった」

「先代との約束ですから。それ以上に、庄助はほんとうに出来た子なんです」

「ありがてえ」

「そなたの十五年の苦しみは想像を超えたものがある。その間、どんな暮らしをし、何をしてきたかわからぬ。だが、久次郎と吾平を殺し、与五郎に重い傷を与えたことに、言い訳などきかぬ」

「わかっております。庄助が仕合わせに暮らしていることがわかっただけで十分でございます。ただ、おしむらくは、おしんにこのことを教えてやりたかった。おしんがどんな思いで死んでいったか、そのことを考えると胸が張り裂《さ》けそうになります」

「いや。おしんはちゃんと見ているはずだ。そなたのことも……」

剣一郎は言いよどんだ。

「炎に包まれたとき、あっしは『おしん、この算盤だけでも守ってくれ』とおしんに助けを求めたんです。そしたら、火消しが来てくれた。あっしは、おしんが守ってくれたんだと思っています」

「そうかもしれぬな」

「あっしは獄門になりましょうが、あの世から、庄助を見守ります」

「うむ」

「青柳さま」

京三は口調を変えた。

「きょうの火事は付け火です。伊勢蔵という男の下に三人の男がいます。この四人が火事のどさくさに紛れ、『上総屋』に盗みに入ったのです」

「伊勢蔵か」

「はい。入谷にある大名屋敷の中間部屋に住み込んでいます」

「よく、話してくれた。さっそく手配しよう」

「それからお願いがあるのですが」

「何だ？」

「最初、その仲間に、『久野屋』の伜の和助がいました」

「勘当の身の伜だな」

「はい。今夜の決行の前、和助に盗みに加わるなと説き伏せました。あっしの言いつけをきいてくれたのか、それとも『上総屋』に侵入したけど姿を見せなかっただけかわかりません。でももし、言いつけを守っていたら、それなりのお目溢《めこぼ》しを願えたらありがたいのですが……」

「いいだろう」

「すみません。伜を持つ親の気持ちがよくわかりましてね。和助にまっとうになってもらい、『久野屋』の親爺さんを安心させてやりたいと思えたんです」

「そなたの気持ちはよくわかった」

「へい」

「それから、もうひとつ」

京三は懐から蜻蛉模様の象牙の櫛を出した。

「これを、おしんの墓前にそなえてやってくれませんかえ。おしんが好きそうな図柄だったんで」

「わかった。預かろう」

「すみません」

「また、会おう」

剣一郎は立ち上がった。今度会うときは奉行所かもしれぬ。その言葉は酷なような気がして口には出せなかった。

翌朝、入谷田圃《いりやたんぼ》に霧がかかっていた。

ゆうべ、堀井伊之助と千蔵が伊勢蔵たちが隠れている大名屋敷を見張り、まだ中間部屋にいるらしいことを、屋敷の人間に訊ねてわかった。

だが、夜が明けたら、ひっそりと江戸を離れるかもしれないと思い、剣一郎もここまでやって来たのだ。

「誰か来ますぜ」

千蔵が囁《ささや》いた。

霧の中に四人の足が見えた。手甲脚絆《てっこうきゃはん》に草鞋《わらじ》履き。やはり、旅に出るつもりだ。

やがて、四人が近付いてきた。剣一郎は立ちふさがるように四人の前に出た。

いかつい顔の男がはっとしたように立ち止まった。

「伊勢蔵だな」

剣一郎は問い質す。

「ひと違いでございます。先を急ぎますので」

「行かせるわけにはいかぬ。違うと言うなら、面を検めさせてもらう」

「無茶言われても」

もうひとりの男が吐き捨てた。

「そなた、保吉だな。『真澄家』のおしんを殺した……」

保吉が後退った。

「正体を現わしたか」

剣一郎は鋭く言う。

「ちくしょう」

いきなり、伊勢蔵が道中差を抜いて斬りつけてきた。

剣一郎は横にかわし、さらに襲いかかった剣を後退って避けた。その刹那、背後から保吉が匕首を手に突進してきた。

剣一郎は身を翻して保吉の攻撃から軽く逃れる。

「おい、一斉にかかれ」

伊勢蔵が叫ぶ。

保吉と他のふたりが匕首を構え、三方から同時に剣一郎に一気に迫った。剣一郎は素早く保吉目掛けて足を踏み込む。保吉が驚愕して目を剝いた。剣一郎は保吉の胸ぐらを摑み、間近に迫った他のふたりに向かって投げ飛ばした。

保吉は悲鳴を上げてふたりにぶつかり、三人はもつれながら倒れた。

「ちくしょう」

伊勢蔵は手にぺっと唾を吐き、刀を握りなおした。剣一郎は鯉口を切った。伊勢蔵は烈帛《れっぱく》の気合で斬り込んできた。剣一郎は相手の剣を抜き打ちに払った。道中差は空を飛び、田圃に突き刺さった。

「歯向かっても無駄だ」

剣一郎は伊勢蔵に刃を突き付け、

「火付け盗賊の罪は重い」

伊勢蔵はがくっと膝をついた。

伊之助と千蔵らが四人に縄をかけた。


数日後、奉行所に出仕すると、宇野清左衛門ともども長谷川四郎兵衛に呼ばれた。

部屋に行くと、珍しく四郎兵衛が待っていた。

「さあ、座られよ」

四郎兵衛はだいぶ機嫌がよかった。

「青柳どの。ようやられた。きのう、お奉行は能登守さまよりお礼を言われたそうだ。我が家の火消しの面目が立ったとな」

「それは、町火消し『と』組の計らいがあってのこと」

「なんの。いつもながらの青柳どのの手腕に、お奉行もことのほかお喜びであった」

「それはよございました」

清左衛門が口を入れた。

「ただ、青柳どのの名誉のためにひと言申し述べておきます。青柳どのは決して本井家に肩入れをしたわけではなく、火消しがどうあるべきかを……」

「宇野どの。待たれよ」

四郎兵衛は手を上げて制した。

「ご高説はいずれまた伺おう。ともかく、お奉行がお喜びであったことだけを伝えておく。以上だ」

四郎兵衛は立ち上がり、さっさと引き上げて行った。

「困った御仁だ」

清左衛門は顔をしかめた。

「でも、不機嫌になられるよりよございました」

「それもそうだ」

ふたりで年番方与力部屋まで戻った。

「ところで、京三のほうはどうだ？」

「はい。火傷の快復も思ったより早く、数日後には牢屋敷に移れるようです」

「そうか。伊勢蔵たちのほうはもう吟味《ぎんみ》がはじまったようだな」

「はい。四人とも死罪は免《まぬか》れませぬ」

「そうだな」

「では、失礼いたします」

剣一郎は清左衛門と別れたあと、元鳥越町の『久野屋』にやって来た。

「青柳さま」

亭主がにこやかな顔で出てきた。

「和助はいるか」

「へえ、今、問屋まで仕入れに行ってます。あっ、戻ってきました」

「青柳さま」

和助が頭を下げた。

「どうだ、勘当を解いてもらえそうか」

「はい」

和助が答えると、

「まだまだ、働き振りをみないと本気かどうかわかりません」

と、亭主は厳しく言ったが目尻は下がっていた。

京三や伊勢蔵たちがみな死罪になるというやりきれない事件の中にあって、和助だけでも助けることが出来たのは唯一の救いになった。和助はまだ若い。これからやり直しがきく。それを見届けるのも、自分の役目だと思った。

『久野屋』をあとにしたとき、

「青柳さま」

と、声をかけられた。太助だった。

「ほんとうに、ふいに現われるな」

剣一郎は苦笑する。

「へえ、すみません」

太助はぺこりと頭を下げて、

「でも、きょうはほんとうに偶然なんです。この近くで、猫の蚤取りの注文があったんです」

「それはご苦労だった」

「青柳さま。また何かお手伝い出来ることがあったら、何でもお命じくださいませんか」

「そのときは、頼もう」

「へい、喜んで。じゃあ」

太助はうれしそうに離れて行った。

『久野屋』をあとにして、剣一郎は小石川の多恵の実家に向かった。もう高四郎も病床から離れたという知らせを受けていた。ずっと気がかりだったので、やっと悩みから解き放たれ、剣一郎は心から喜びをかみしめた。


その日の夕方、京三は小伝馬町《こでんまちょう》の牢屋敷に連れられて来た。

火之番所の前で、同心の堀井伊之助が入牢証文を鍵役同心に渡した。証文を受け取った鍵役同心は証文の文面に目を通し、京三が本人に間違いないかを確かめた。

鍵役同心は京三を牢舎の外鞘に入れ、縄を解いて丸裸にした。持ち物を検めたのだ。着物、褌《ふんどし》、帯、草履などを調べた。

それから、京三は褌だけまとう。

鍵役が牢名主に、京三の牢入りを知らせた。

京三は着物を抱え、褌一丁のまま、無宿牢の入口の留め金が外されるのを待った。太い格子戸の中に、不精髭《ぶしょうひげ》をはやし、くすんだ顔つきのむさい男たちがうじゃうじゃいる。

戸が開いた。

「さあ、入れ」

鍵役に追い立てられ、京三は牢内に転げ込んだ。

「サア、コイ。サア、コイ」

無気味な掛け声が途中で止まった。はじめて入牢する囚人はきめ板で尻を叩かれるのだが、きめ板を持って待ち構えていた囚人が手を止めていた。

京三の体には大きな斬り傷に火傷の痕。凄《すさ》まじい体の傷はさしもの囚人たちの度肝《どぎも》を抜いたようだ。

鋭い眼光で牢名主を見つめ、

「庄吉と申します。獄門までの短い期間ですが、よろしくお願いします」

と、京三の落ち着いた挨拶に牢内は静まり返った。

誰かが、牢名主に囁いた。牢名主が目を見開いた。

「ひと斬り政か」

牢名主が問うと、囚人たちの間にざわめきが起きた。

「へえ、そう呼ばれたこともございます」

京三の牢内の暮らしがはじまった。

吟味方与力橋尾左門《はしおさもん》の詮議に、京三は正直にすべてを語った。だが、不思議なことに、庄助のことは取調べに出なかった。

庄助に忌まわしい事実を知られないようにとの心配りを感じたが、何度目かの吟味で、青痣与力の配慮らしいとわかった。

やがて、吟味方与力の取調べが終わり、数日後の早暁《そうぎょう》、左門が牢屋敷にやって来て、「市中引き回しの上、獄門」の沙汰《さた》を告げた。

「ありがとうございます」

京三が言うと、左門が近寄ってきて、耳元で囁いた。

「よいか、よく聞け。池之端仲町《いけのはたなかちょう》から下谷広小路に出て、黒門下《くろもんした》から上野山下《うえのやました》を通る。その際、右手に青痣与力の青柳剣一郎が待っている。青柳剣一郎を探すのだ。よいな」

「はい」

わけがわからないまま、京三は返事をした。

「黒門下から上野山下だ」

橋尾左門は念を押した。

京三は後ろ手に縛《しば》られ、裸馬に乗せられた。

六尺棒を持った先払いの者や罪状を書いた幟《のぼり》を持った者を先頭に、突棒《つくぼう》、刺股《さすまた》などの捕物道具を持った者、その後ろに、京三が乗った裸馬、そして検死の与力の馬が続く。

小伝馬町の牢屋敷裏門から出発した引き回しの一行は大伝馬町から堀留町《ほりどめちょう》、小舟町《こぶなちょう》を通り、江戸橋《えどばし》を渡って楓川にかかる海賊橋《かいぞくばし》に差しかかった。

引き回しの一行は海賊橋を渡って、奉行所与力・同心の組屋敷がある八丁堀に入った。八丁堀の組屋敷を南北に突っ切って行くのである。

沿道に見物人がたくさん出ている。その中に、青痣与力の青柳剣一郎の顔があった。剣一郎が頷いたのがわかった。

一行は再び楓川を渡って大通りに向かう。

沿道に並ぶ見物人の冷たい視線を浴びながら、京三は静かな気持ちで裸馬に揺られていた。

馬の口取りの男がときたま、京三を気にして見る。

高いところから江戸の町を見ている。南伝馬町の大店の前に手代や丁稚の姿があった。ふと、『上総屋』で丁稚になったころのことが蘇った。

朝早く起きて店の掃除をし、昼間は番頭や手代の使い走りをし、夜は遅くまで残り仕事をしたあとで算盤の稽古をする。

眠る時間は短く、疲れもなかなかとれなかった。それでも、いつか手代から番頭へという夢に向かってがむしゃらに働いた。

二十歳になって手代になり、出納や記帳などの仕事をするようになった。そのころ、誰が今のような男になることを想像したろうか。

引き回しの一行は芝を通り、高輪《たかなわ》の大木戸《おおきど》辺りから引き返した。

裸馬に乗っていて尻が痛い。一行はやがて濠《ほり》沿いに四谷《よつや》御門外から市ケ谷《いちがや》御門外、さらには牛込御門、小石川御門外へと進む。

自分の生きて来た道はなんだったのだろうか。生まれてきた値打ちがあったのだろうか。結局、おしんを不幸にしてしまっただけではないのか。

もし、自分がいなければ、おしんは沢太郎を婿にし、『上総屋』の内儀として何不自由ない暮らしをしてこられたはずだ。

いや、俺が分をわきまえて、おしんと深入りしなければ……。ふと目頭が熱くなって、空を見上げた。

きょうも青空だ。この青空を二度と見ることが出来ないと思うと、胸が張り裂けそうになった。

だが、俺は死に損なって生まれ変わってからは、ひと斬り政の異名をとるほどの悪党になった。

俺の手は何人ものひとの血を吸っているのだ。こんな俺に天の裁きが下るのは当然だ。俺のような人間には生きている価値はない。

江戸城の周辺をまわり、湯島の切通しに出た。陽はだいぶ傾いてきた。

ふと一番仕合わせだったときが思い出される。浜松町の長屋で、親子三人で暮らしていたときだ。

庄吉さん。おまえさんと出会えて私はとっても仕合わせだわ。おしんがそう言ってくれたことがあった。

池之端仲町から下谷広小路に出た。吟味方与力の橋尾左門の声が蘇った。

「池之端仲町から下谷広小路に出て、黒門下から上野山下を通る。その際、右手に青痣与力の青柳剣一郎が待っている。青柳剣一郎を探すのだ。よいな」

いよいよ、黒門下から上野山下に差しかかった。京三は右手のほうに目をやった。職人や女、大道芸人などのいろいろな見物人が沿道にいる。

馬に揺られながら、京三は青痣与力を探す。すると、武士の姿が目に飛び込んだ。

青柳剣一郎だ。左門の言うように本当に待っていた。なんのために……。

ふいに剣一郎が体を引いた。入れ代わるように白い頭巾をかぶった僧衣の尼が現われた。美しい尼さんだと思ったとき、京三の全身を衝撃が貫いて走った。

まさか……。衝撃が伝わったのか馬がいななき、足踏みをした。馬の口取りがあわてて馬をなだめる。

似ている人間かと思った。だが、尼僧は口を開いた。庄吉さんと呼んだような気がした。

（おしん）

京三は内心で呼びかけた。

目と目が合い、絡み合いながらゆっくり馬は尼僧の前を過ぎて行く。

おしんは生きていたのだ。先代はおしんから子どもを取り上げ、出家させたのだ。庄助もおしんも生きていた。

京三は振り返り、おしんに笑いかけた。そのとき、おしんが数珠《じゅず》とともに象牙の櫛を持っているのに気づいた。俺が買った櫛だと思った瞬間、胸の底から突き上げてくるものがあった。おしんに心の中で言った。

（おしん、これでほんとうのお別れだ）

「あのひと、笑ってくれました」

俗名おしんは数珠をしたまま手を顔に当てた。涙を拭ったのだ。

先代が実の娘をどこに預けたか、剣一郎が思いついたのは出家だった。それで、『上総屋』の菩提寺の住職を問い質したのだ。

おしんに会い、庄吉が生きていたことを伝えると、目を見開いて驚いた。

一度、会って話してはいかがかと、剣一郎は勧めたが、おしんは首を横に振った。

会っても彼を苦しませるだけという答えだったが、ひと目だけでも会って、あなたが生きていたことを、死の間際の庄吉に教えてあげてはいかがかというと、逡巡《しゅんじゅん》の末に応諾《おうだく》してくれた。

だが、今は後悔するように、おしんは言った。

「会って話をすべきだったでしょうか」

「いえ。これでよかった。最後の笑顔。あの者にとってかけがえのない一瞬だったと思います」

「あの日からずっと庄吉さんの冥福《めいふく》を祈って生きてきました。きょうから改めて冥福を……」

おしんは言葉を詰まらせた。

京三は真人間《まにんげん》になり、何の憂いもなく、あの世に旅立てるのだ。おしんに会えてよかった。剣一郎はそう思った。

引き回しの一行はすでに遠ざかっていた。

霧に棲む鬼

一〇〇字書評

切・り・取・り・線

購買動機（新聞、雑誌名を記入するか、あるいは○をつけてください）

□（　　　　　　　　　　　　　　　）の広告を見て
□（　　　　　　　　　　　　　　　）の書評を見て
□ 知人のすすめで　　□ タイトルに惹かれて
□ カバーが良かったから　　□ 内容が面白そうだから
□ 好きな作家だから　　□ 好きな分野の本だから

・最近、最も感銘を受けた作品名をお書き下さい

・あなたのお好きな作家名をお書き下さい

・その他、ご要望がありましたらお書き下さい

住所	〒				
氏名		職業		年齢	
Eメール	※携帯には配信できません	新刊情報等のメール配信を　希望する・しない			

この本の感想を、編集部までお寄せいただけたらありがたく存じます。今後の企画の参考にさせていただきます。Eメールでも結構です。

いただいた「一〇〇字書評」は、新聞・雑誌等に紹介させていただくことがあります。その場合はお礼として特製図書カードを差し上げます。

前ページの原稿用紙に書評をお書きの上、切り取り、左記までお送り下さい。宛先の住所は不要です。

なお、ご記入いただいたお名前、ご住所等は、書評紹介の事前了解、謝礼のお届けのためだけに利用し、そのほかの目的のために利用することはありません。

〒一〇一-八七〇一
祥伝社文庫編集長　坂口芳和
電話　〇三（三二六五）二〇八〇

祥伝社ホームページの「ブックレビュー」からも、書き込めます。
http://www.shodensha.co.jp/bookreview/

祥伝社文庫

霧《きり》に棲《す》む鬼《おに》　風烈廻《ふうれつまわ》り与力《よりき》・青柳剣一郎《あおやぎけんいちろう》

平成29年 4 月20日　初版第1刷発行

著　者　小杉健治《こすぎけんじ》
発行者　辻　浩明
発行所　祥伝社《しょうでんしゃ》
東京都千代田区神田神保町 3-3
〒101-8701
電話　03（3265）2081（販売部）
電話　03（3265）2080（編集部）
電話　03（3265）3622（業務部）
http://www.shodensha.co.jp/
印刷所　堀内印刷
製本所　関川製本
カバーフォーマットデザイン　中原達治

 ISBN978-4-396-34301-9 C0193

祥伝社文庫の好評既刊

小杉健治

青不動《あおふどう》 風烈廻り与力・青柳剣一郎㉖

札差の妻の切なる想いに応え、探索に乗り出す剣一郎。それを阻むかの如く息つく暇もなく刺客が現われる！

小杉健治

花さがし 風烈廻り与力・青柳剣一郎㉗

少女を庇《かば》い、記憶を失った男に迫る怪しき影。男が見つめていた藤の花に秘められた想いとは……剣一郎奔走す！

小杉健治

人待ち月 風烈廻り与力・青柳剣一郎㉘

二十六夜待ちに姿を消した姉を待ち続ける妹。家族の悲哀を背負い、行方を追う剣一郎が突き止めた真実とは!?

小杉健治

まよい雪 風烈廻り与力・青柳剣一郎㉙

かけがえのない人への想いを胸に、佐渡から帰ってきた鉄次《てつじ》と弥八《やはち》。大切な人を救うため、悪に染まろうと……。

小杉健治

真《まこと》の雨（上） 風烈廻り与力・青柳剣一郎㉚

野望に燃える藩主と、度重なる借金に疲弊する藩士。どちらを守るべきか苦悩した家老の決意は——。

小杉健治

真の雨（下） 風烈廻り与力・青柳剣一郎㉛

完璧に思えた〝殺し〟の手口。その綻《ほころ》びを見つけた剣一郎は、利権に群れる巨悪の姿をあぶり出す！